文芸社セレクション

ハワイアン　スッパマン

～フラダンスにかけたオジさんたち～

さくらぎ こう

文芸社

目次

ハワイアン　スッパマン　～フラダンスにかけたオジさんたち～

軽快な太鼓の音と共に掛け声が響く。筋肉質で褐色の上半身裸の男たちが舞台に出てきた。身に着けているのは赤い褌と腰ミノだけだ。

土曜の午後、いつものようにビールを飲みながらソファで昼寝をしていた。力強いリズムで目が覚めるとテレビ画面はフラダンス競技会の「メリーモナークフラフェスティバル」が映っている。ワイドショー番組が特集していた。

ネイティブ・ハワイアンのダンスが始まった。

「ふぁーー！」

突然、妻の香里《かおり》が悲鳴ともつかない声を上げた。

「な、なに？」

香里は説明を避けて俺の腹を瞬間的にチラッと見た。見逃さなかった。そうか、そういうことか。分かっているよ自分でも。休みの日は家でビールを飲んでゴロゴロしそこから昼寝に移行する。これが今の俺の最高の楽しみなのだ。挙句の果てにこの腹だが、この楽しみを取ったら俺は何のために毎日神経をすり減らして仕事をしているのか分からなくなる。止めたくはない。だがあの引き締まった褐色の筋肉裸体を見た香里は、きっとあの時、俺の身体と比較していたに違いない。だが俺には裸になれない理由がもう一つある。学生時代に怪我をした傷跡が脇腹に残っているのだ。

「よく恥ずかしくないよなー、褌と腰ミノだぞ」

俺は負け惜しみを言った。

「あなたにはあの踊りは無理だと思うけど」

香里が嫌味を返した。悔しいがそれ以上言い返せなかった。40代になって先が見えてきた。俺の人生はこんな筈ではなかった。仕事に燃えもっときらきらした生活が待っている筈だった。だがいつも、どう足掻いてもこんなものだという諦めで落ち着く。10年先も20年先も何も変わらなくて、この年で転職する勇気など更になくて、毎日毎日同じことを繰り返し、老いていくのだ。これが現実なのだ。

高1になったばかりの息子の翔太《しょうた》が我が家の狭いリビングダイニングに入ってきた。冷蔵庫を開けすぐに閉める。

「お腹すいたの？」

香里が声を掛けると「べつに」と返ってくる。

「これ食わないか？」

おつまみの冷凍枝豆を差し出した。

「いいよ、それより飲み過ぎんなよビール。腹出てるし」

分かってるって、お前にまで言われたくないよと強がり、グラスを口に運ぶ。

翔太は塾を替えたがっているようだと香里が言っていたことを思い出す。話を訊くのに良い機会だと思った。

「塾なんてどこも同じだよ」

何事もない顔でさらりと返ってきた。成績が下がっているんだろ？　と訊き返すと、

「塾のせいじゃないから」

更に悟ったようなことを言った。こいつは俺に似ず勉強が好きだ。そのうえ自分の考えを持っている。

「じゃあ、弛んでるってことか？」

「はあー？　それ、オヤジの方だろ！」

物わかりのいい大人の様な対応をしたかと思うと、急に不貞腐れる。部屋から出ていく息子の背中に、最近いやに突っかかるなとボヤいた。

「今のあなたを見てるとイラつくんだって」

香里が翔太の代弁をした。行きたいと思っている塾は授業料が今の塾の3倍なのよ、と付け足した。

「なんだよ、あの野郎。馬鹿にしやがって！」

ダメ親父なんだよ俺は。その息子が勉強好きっていうんだから、どーなってんだ。俺が誇れるのは学生時代にやっていた柔道くらいだが、最近のこの腹ではそれを口にすることさえ憚られる。

グラスの中のビールが急に苦くなった。

ところが思いもかけない場所でまたフラダンスと出会うことになった。

疲れが溜まっていた週末のことだ。混んでいる電車に乗って帰る気にならずタクシーを拾った。運転手は俺と同世代の40代に見えた。愛想の良い腰の低い人だ。車中に音楽が流れている。ハワイアンのようだ。軽快なウクレレのリズムに乗って、陽気なのにどこか哀愁を含んだ歌声が入っている。ゆっくりと琴線に触れてくる、そんな曲だ。

私の様子を察したのか運転手が話しかけてきた。

「いいでしょ、この曲。マウイ・ハワイアン・スッパマンって言います」

「スッパマン？」

「はい、ハワイにもスーパーマンがいるよっていう意味の曲です」

「スッパマンってスーパーマンのこと？」

「歌っているのはＩＺでネイティブ・ハワイアンの歌手です。30代で亡くなりましたが」

運転席の隣のドライバー紹介に「丸山稔《まるやまみのる》・42歳・趣味はフラダンス」と書いてある。

「フラダンス、やるんですか？」

「ちっとも上達しないので未だに初心者コースですが、お客さんもどうですか？」

俺は丁重に辞退した。無理に決まっている。何しろこの腹だ。

「僕はね、フラダンスで２キロ落としたんですよ。目標は７キロです」

それは凄い、と思った。

「腹は出てるし、顔は真ん丸だし、まあ名前も丸山ですけどね」

彼は声を立てて笑った。俺は口角を上げ笑う準備をしていた口を次の言葉で真顔に戻した。

「そのうえ、女房が出て行きました」

香里がチラリと俺の腹を見た瞬間がフラッシュバックのように甦る。

丸山運転手は、それからしんみりとした声になり「娘がね」と続けた。

「中2の娘が学校へ行かなくなっちゃったんです。でもね、娘は私とこの家に残るって言ってくれて、嬉しくてね。だから頑張ろうって思ってるんです」

フラダンスも、奥さんは嫌がったが娘さんは賛成してくれたのだと言う。

降りる時、彼は教室の名刺を渡してくれた。名刺には男性フラダンス教室主宰・山崎《やまざき》アキラと書いてある。都内に複数の教室を持っているようだ。

「ちなみに、僕は三田のクラスです」と笑顔を見せた。

家に帰りネットで調べてみる。スッパマンとはネイティブ・ハワイアンの言葉のようだ。

ハワイはアメリカの植民地となる19世紀以前はネイティブ・ハワイアンが統治する王国だった。19世紀末白人のクーデターにより、ネイティブたちはその歴史と支配権を奪われ何千年も続いた王朝は終わりを遂げた。

フラは大きく二つに分かれる。欧米の曲に合わせて踊る現代フラをアウアナといい、古くから儀式などで踊られてきた古典フラをカヒコと呼ぶ。アウアナは曲に合わせるため優雅だが、古典フラのカヒコは祈りの内容を身体で表現するため力強く迫力がある。

褌や腰ミノは当時のものを尊重したコスチュームなのだ。元々古典フラは男性だけが踊ることを許された。歌舞伎や相撲の世界と同じだ。日本では未だに女性はその世界に入れない。

マウイ・ハワイアン・スッパマンを歌ったＩＺは、亡くなった兄の意志を継いでネイティブの文化や言葉を大事にしようとする取り組みをしていた。この曲はアルバム「Facing Future（未来に向けて）」の中に収録されている。彼の代表作は「虹の彼方に」「この素晴らしき世界」など、音楽オンチの俺でも知っている曲だ。ユーチューブで聴き美しい歌声に魅せられた。ＩＺもまた、若くして亡くなった兄と同じように、38歳で亡くなっている。

山崎アキラ　フラダンス教室、と検索をする。ホームページを開き「1か月無料レッスン有」と言う文字を見た時は、すでに気持ちは決まっていた。ただテレビを見て貶したので香里には言えなかった。ジョギングをすることになっている。

7人ほどの初心者クラスで丸山運転手と再会した。土曜の午後、たっぷり90分のレッスンが始まる。アキラ先生は年齢不詳だ。愛想は良くない。Ｔシャツ、ジャージ姿の俺を見て「次からは半ズボンにしてもらえるかしら？」と言い、フラは腰で踊るので膝が見えた方が良いのだという。「それに、美しくないでしょ」と念押しをした。

　この先この先生のレッスンに付いていけるだろうかと急に不安になる。丸山さんが笑顔で頷いている。あれは大丈夫だということか。他の人もまったく気にしていない様子だ。覚悟はしていたが、初日は自堕落な生活を痛感するだけの90分だった。少し甘く見ていた。だが途中挫折するのではという心配は無用だった。愛想の良くないアキラ先生も、できないことで厳しいことを言わなかった。ただ美しくないことには過敏に反応するのだと分かった。だがジャージが美しくなくて、半ズボンが美しいという論理は理解できない。

　レッスン後自然と飲み会に流れることになった。賛同したのは俺と丸山さんと、公務員だと自己紹介した蒲生《がもう》さんの３人だ。３人共40代ということで意気投合した。帰りに飲んだら減量や筋肉もりもりなどは遠い話だと思ったが、このレッスン後の飲み会が思いのほか楽しかった。学生や独身時代に戻ったような解放感に浸れた。

　仕事のつながりではなく趣味でのつながりは私生活を赤裸々に告白しても、疚しさや恥ずかしさはなかった。40代の１人の男であり、夫であり、父親であった。たとえマイナスの要素があっても、それが仕事に影響することはない。さらけ出すことでより開放的になれた。音楽に合わせてフラを踊ることは、更に心の開放に繋がった。

カホロ、カホロホロホロ、カオ、アミ、ウベヘと基本を習得していく。フラは腰で踊るということが分かってくる。ダンスなんて一生縁がないと思っていたが、学生時代に柔道をやっていたことが思った以上にフラの役に立った。基本は順調に習得していったが腰を回すアミだけがなかなか上手くできない。

アキラ先生の手拍子で基本ステップを練習した後は、曲に合わせて踊る。前で先生が見本の踊りを見せながら踊ってくれるので、真似をするだけだ。難しいステップは入っていないので、なんとか付いていけた。身も心もどんどん自由に開放的になっていく。

1か月の無料体験が終わると、すぐに正規レッスンの申し込みをした。丸山さんと蒲生さんの手前辞めるわけにはいかない。と言うよりすでに俺自身が辞めたくはなかった。音楽に合わせて踊ると下手は下手なりに楽しいのだ。

残暑の残る初秋だった。クイと言われるカホロをしながら片足を上げる難度の上がったステップを教えてもらっていた時だ。アキラ先生が珍しく全員を褒めた。ダンスの出来不出来で怒ることはないが、褒めることもない先生だ。

「ブラボー！　素晴らしいわ。これなら発表できるわね」

え、ちょっとナニ、発表ってナニ！　と全員がザワついた。先生の説明だとショッピングセンターの10周年記念に、フラダンスを踊って欲しいという申し入れがあったのだと言う。男性フラを10周年記念行事の目玉にしたいという要請なのだ。

楽しんで踊っているのには何の問題もなかった。だが人前で踊るとなると話は違う。上達したとはいえ、まだまだ見せるほどのものではない。そのうえショッピングセンターなんて無理だと思った。

アキラ先生が場所の名前を言った時、俺は悲鳴のような声を上げた。家の近くのショッピングセンターだったからだ。これは何かの陰謀なのか。絶対に受け入れられない。なにしろ妻や息子に知られたくないし見られたくない。

「も、申し訳ないのですが、私は出られません」

丸山さんも蒲生さんも関係なかった。お2人はどうぞ。家族が賛成しているのだから。だけど俺は違う。友人と毎週土曜日にジョギングをしていることになっているのだ。その上、腰をくねくね回して踊るフラダンスを家族や近所の住人に見せるなんて考えられない。

その日は2人に申し訳なくて、アフター・レッスンは欠席しようと思っていた。それを察した丸山さんがすかさず声を掛けてきた。

「先に帰っちゃ駄目ですよ」

こんな日こそ3人で飲まなきゃね、と腕を引かれた。

その日はいつも行かないタイ料理の屋台にした。外でも十分気持ちがいい。丸山さんは中2の娘さんのことを話し始めた。食事は彼が作っているのだという。男親と中学生の娘さんとの生活はキツいだろうなと思ったが、彼はそれを全く見せない。俺とは大違いだ。

そんな話をしている時だった。通りを通行人が通り過ぎた。先に蒲生さんがその2人を驚きの表情で見ていた。それから丸山さんの顔が蒼白になり挙動不審状態になった。

「何、誰か通った？　知りあい？」

２人とも答えようとしない。丸山さんは急用を思い出したからと帰ろうとしている。財布から金を取り出す手が震えていた。これはただ事ではない。

「丸山さんの娘さんじゃないか？」

蒲生さんの言葉に「ち、違う！」と丸山さんは更に動揺を見せた。それなら呼んで一緒に飯でも食おうよ、と俺の呑気な提案に蒲生さんが苦しそうに説明を始めた。

娘さんはこちらをちらりと見て、相手の男と腕を組んだ。それから何事もなかったかのように歩いて行ったという。相手の男は俺たちよりさらに上の中年男だったようだ。丸山さんはそれ以上聞きたくないのか、千円札を数枚テーブルに置いて立ち上がった。彼の動揺の原因がやっと理解できた。

「追いかけよう。今止めなきゃだめだ！」

「無理です」

「何が無理だ！」

「怖いんです」

「何が!?」

「娘が怖いんです」

「いいから捜そう。父親だろ！」

俺は２人が歩いて行った方向へ向かって走り出した。蒲生さんがその後を追ってくる。

その後ろを丸山さんが半泣き状態で付いてきた。

早く見つけないと暗くなる。通りや商店街に道行く人が増えてくる。中学生と中年男のカップルなら道行く人は親子だと思うだろうか。諦めんな。3人は分かれて捜すことにした。路地があれば一本一本入り店を覗いた。もう遠くへ行ってしまったのだろうか。それともタクシーに乗り込んだのかも知れない。そんなことが頭をかすめた時、俺の名前を呼ぶ声が聞こえた。蒲生さんの声だ。見つけたようだ。

蒲生さんと合流する。10mほど先を歩いている娘さんと思われる少女と中年男がいた。その時は腕を組んでなかったし少し離れて歩いていた。

「おのれー、ちょっと待てぇー！」

前を歩く2人が立ち止まり振り向いた。全速力で走り寄る。心臓がバクバクと悲鳴を上げている。蒲生さんと丸山さんも追い付いてきた。

「なんだよ！」

娘が丸山さんに威嚇した。

「い、いやいいんだけどね」

丸山さんはすでに怯えていた。

「だったら消えろよ！」

その言葉で男が「なんなんだ君らは！」と強気に出た。

「父親だ！」と答えのは蒲生さんだ。

中年男はそれを聞くと、見るも無残に狼狽《うろた》え全速力で逃げ出した。俺が後を追おうとすると蒲生さんに止められた。

「それより、こっちでしょ！」

娘は「ふざけんなよ！」と丸山さんを蹴っている。丸山さんはされるがままだ。俺は彼女の腕を取りひねりあげた。

「痛てーよ、放せ！」

丸山さんも「放してやってください」と言うが、俺は放さなかった。

「痛てえ、って言ってるだろ！」

「謝れ、父親を殴るなんて許さないぞ」

「あんた誰だよ！」

「警察官だ！」とまた蒲生さんが答えた。いちばん驚いたのは俺だ。だが今はそういうことにしておいた。「今は私服だけどね」と蒲生さんが更に悪乗りした。

「なんでサツと一緒にいるんだよ!?」

「友達だ」少しだけ元気を取り戻した丸山さんが答えた。

「私は毎日死体を焼いてるんだぞ！」

「は？」全員が蒲生さんを見た。意外なことに丸山さんがそれに乗った。

「それ事実ですね」と少し笑っている。

娘さんはやっと「何なんだよ、おめーら」と、戦意喪失した顔になった。

丸山さんと娘さんが帰るのを見送った。丸山さんは娘さんの腕を取ろうとするが「触んなよ」と振り払われる。言葉は荒いが言い方はきつくなかった。

２人の後ろ姿を見送りながら、

「あの子も、前はあんなんじゃなかったんですよ」と蒲生さんが言った。それから母親が出て行った頃からじゃないかな、と独り言のように呟いた。

もしかしたらあの子は父親の反応を見るために、わざと見せ付けたのではないかと思った。そうであったならまだ大丈夫な気がする。丸山さんはすべてをさらけ出して話していたわけではなかった。俺だけが勝手にそう思い込んでいただけだ。俺は「息子は俺に似なくて勉強ばっかりしてる」などと愚痴っぽく言っていたが、それは丸山さんから見たら自慢話でしかない。本当の姿なんて話せるわけはなかった。知らずに丸山さんを傷つけていたのだ。

「飲み直しましょうか?」と蒲生さんが言い、すいません警察官だなんて嘘吐いてと謝った。それから自分は公営の火葬場で働いていると打ち明けた。確かに死体を焼いている。だが俺の偽警察官役は今夜だけにして欲しい。

無性にフラを踊りたくなった。何も悩まないよう頭の中を空っぽにして、さあ腰を、回して、回して。俺は路上でアミの練習を始めた。空っぽにした頭の中にリズミカルな太鼓の音が鳴り始める。気づいたら踊り始めていた。奇声を上げて踊っていた。頭の中の音楽はいつの間にか「マウイ・ハワイアン・スッパマン」に変わっていた。

いつだったか息子に言ったことがある。「お父ちゃんはスーパーマンだぞ」と。まだ幼かった息子は何の疑いもなく「うん」と、満面の笑みで受け止めていた。白人に奪われたハワイ王国にもスッパマンはいたんだぞ、とIZが歌ったように、たった3人の小さな家族を守るスッパマンは、間違いなく俺なのだ。

翔太に遠慮はいらないから行きたい塾へ行けと伝えよう。金は何とかなる。

ショッピングセンターの発表会に参加しようと思った。丸山さんと蒲生さんは喜んでくれた。丸山さんはあれから何も変わらない。いつもの丸山さんだ。娘さんのその後が気になったが聞くのは止めていた。いちばん傷ついているのは彼なのだ。

アキラ先生は張り切っていた。

「曲は皆さんの好きなマウイ・ハワイアン・スッパマンにしました。急いで振り付けを考えたの。あ、でも心配しないで難しいステップは入ってないから」

ネイティブ・ハワイアンのIZが土着のハワイアンとしての誇りを取り戻そうと「マウイ・ハワイアン・スッパマン」を歌った。その曲で踊る我々のフラは古典フラではない。古典フラは宗教儀式に祈りの表現として踊られたものだからだ。

「皮肉なものね」とアキラ先生が言った。

スッパマンの曲にしてもらえるのは嬉しかったが少しテンポが速い。大丈夫だろうかと心配になる。それでも踊りだせば心配などどこかに飛んでいった。ただ、頭を空にして、入ってくる音楽に合わせて踊るだけだ。スッパマンを踊るうえで欠かせない力強いステップのクイも多く入った振り付けになっている。発表会を良いものにしようという全員の暗黙の了解がより稽古を白熱したものにしていった。

発表会の当日になった。香里がショッピングセンターに買い物に行かないように、前日に大量のカレーを作ってある。

「今日は、昨日のカレーでいいから」

「そう、助かる。でも何か怪しいわね」

「何が？」

「何かは、何かよ」

これ以上関わっていると問い詰められそうになるので慌てて家を出た。ショッピングセンターの集合場所に着くと、すでに衣装に着替えている人がいてギョッとする。赤褌と腰ミノ姿だったからだ。

「え、アロハシャツに半ズボンでしょ！」

「変更よ」

「ヤダ！　これは駄目！」

「往生際が悪いわね。スッパマンの曲にはこの方がいいのよ」

コスチュームはこちらで用意しとくから何も持ってこなくて大丈夫よ、と言っていた。

それがこういうことか。だまし討ちだ。納得できないと拗ねていると、丸山さんが「これがありますから大丈夫ですよ」と言って目だけを隠す仮面を見せた。

「あなたのために、付けることにしたのよ」とアキラ先生が恩着せがましく言った。もう覚悟を決めるしかなかった。外堀はすべて埋められているのだ。

全員の準備が揃うと、控室で最後に踊りの確認をした。今女性のフラダンスが行われている。その次が子どもフラで、俺たちの出番はその次だ。客席をそっと覗いた丸山さんが「娘が来てくれている」と表情を崩している。家族に観てもらおうとする丸山さんを心底尊敬する。でも俺は観て欲しくない。

司会者のアナウンスが流れる。

「さあ、皆さま、これから山崎アキラ・フラダンス教室の生徒さんによる、男性フラダンスが始まります。始めてからまだ1年にも満たない生徒さんもいるようです。どうか温かい目で見てください！」

「さあ、行くわよ！」

アキラ先生の掛け声で小さな舞台に出て行く。観客との距離が近い。椅子席は満席だ。立ち見の人がその周りを取り囲んでいる。観客の中に知り合いはいないかさっと確認した。知っている顔が見当たらないのでほっとした。

スッパマンの曲が流れ出す。平常心とはいかないが仮面をつけているため、それほど緊張していない。仮面の眼の穴から丸山さんの娘の姿が見えた。曲が始まると顔を上げしっかり舞台を見ている。

会場が室内のため、中盤になる頃には上半身裸でも汗が出てくる。仮面の間を汗が流れ落ちる。

それは突然だった。観客の中からヤジが飛んだ。

「仮面を外せ、堂々とやれよ！」

翔太の声だと分かった。俺は取り乱しダンスが滅茶苦茶になった。会場のあちらこちらで笑いが起きる。

「そうだ外せー！」と大人の声が飛び、それに混じって小さな子どもの声も聞こえる「外せ、外せ！」と面白がっている。群衆は「外せ」コールに手拍子を取り出した。曲はすでに終わっていて、俺たちは舞台の上で棒立ちになっていた。

「外せ、外せ！」の大シュプレヒコールの中にいる翔太は少し怒ったような顔をしていた。

「では、皆さんのご要望にお応えして、仮面を外しましょう！」

司会者の機転で一斉に外すことになった。会場中が舞台に集中している。全員の仮面が1、2、3で外されると一瞬の間の後、どっと笑い声が上がった。7人の内6人までがオジサンで、汗でどろどろの顔をしていたからだ。

だが再度最初から踊るチャンスを貰った。素人だから許してもらえたのだ。アキラ先生は俺に怒ることはなかった。それより再チャレンジの機会を貰ったことが嬉しそうだ。

翔太は脇腹の傷で俺だと気づいたのか、全て最初からお見通しだったのか、もうどうでも良かった。翔太の横には女の子がいた。

そうか、お前の悩みはそれだったのか。

「アンコール、アンコール」と手拍子が鳴りだした。

「さあ、ではもう一度マウイ・ハワイアン・スッパマンを踊っていただきましょう。この曲はハワイにいた伝説のスーパーマンを歌ったものです」

舞台に出て行く。曲がスタートした。いつも聴いている曲だ。頭を空っぽにして、リズムに乗って教えてもらったステップを踊る。仮面を外したためもう吹っ切れていた。俺は今、翔太のためでなく、香里のためでもなく、俺自身のために踊っている。

「いいぞ、オヤジ！」翔太のかけ声が聞こえた。

そうだ、今俺は最高だ。翔太、可愛い子だな。

曲が終わり踊りが終わると、全員でネイティブ・ハワイアンのように一斉に感謝の雄叫びを上げた。

了

Dカンパニー

結城《ゆうき》は会社の一室で声を潜めて打ち合わせをしている。前に座っているのはダークグレーの背広に地味なネクタイを締めた男で、口角を上げ静かに結城の言葉を待っていた。

結城はテーブルの上の名刺と目の前の男を交互に見ながら、決めかねているようだ。

「カブラギさん、ちょっと高過ぎませんか？」

「当社は常に１００％の結果を出しております」

「それはおかしいですね」と結城は少し語気を強めた。

「すべて１００％の結果なら、どうして価格設定に差があるんですか？」

「Ａプランが１００％、Ｂプランが90％、Ｃプランが80％です。例えばお客様がＢプランをお選びになりまして90％成功しましたら、お受けしましたＢプランの結果は１００％成功したということになります」

なるほどと結城は思った。けむに巻くような説明だが一応筋は通っている。

「では、その90％の結果はどう判断するんだ？」

結城の質問に、カブラギはパンフレットを取り出し説明を始めた。

カブラギの会社「株式会社Ｄ」は、いわゆる「Ｄカンパニー」と言われている「別れさせ屋」だ。案件は顧客ごとに細かなメニューを作成し、ここまで達成したら80％、ここまでなら90％、全て達成できたら100％と予め決めておくのだという。

結城は説明を聞いて納得した。1人で処理をするのは無理がある。今は仕事が忙しく、美玖《みく》とのデートの時間も確保しなければならない。急いでいるのだ。速やかにかつ確実に結果を出さなければならなかった。


結城はモテた。背が高く、甘いルックスは人目を引くほどだ。大学は国立大を卒業後、某私立の大学院を出ている。両親は普通のサラリーマンだが地方に土地付の家屋敷を所有している。経歴に問題はなかった。

結城は女と付き合い始めると、いつも長かった。別れ話が苦手なのだ。女に泣かれると、どうして良いか分からなくなる。だからそのままずるずると付き合いが続くことになる。その結果、同時に付き合う相手が増えていった。

今、付き合っている女は5人いる。そのうちの1人、美玖と結婚の話になりそうなのだ。美玖は結城の会社の副社長の娘で、いわゆる逆玉の輿だ。美玖が結城との結婚の意志を両親に報告する前に他の4人と別れ、身ぎれいにしておきたかった。

結城はテーブルの上に女の写真を4枚並べた。

「では、この3人はAプランで、1人はCプランで」

結城は写真を3枚と1枚に分けた。

「ほう、1枚だけCプランをお望みというのは？」

カブラギの質問に、結城が答える。

「この女は人妻だ」と1枚の方を指した。

カブラギは「ほーう」と再び言いながら、

「では、人妻の方は別れるのは簡単だと思われましたか？」

「お互いに拘束しない間柄だし、相手もいつもそう言っている」

「では、この方まで当社に依頼されなくても、結城さまが直接別れ話をしても納得なさるのでは？」

「長いんだよね付き合いが。もしゴネられたら面倒だし、4人全部まとめてお願いします」

カブラギは少し微笑んでから、

「承知いたしました。では結城さまからご提示いただきました資料と、こちらで調べた資料を検討しまして、4人分のプランをお作り致します」

「急ぐんだけど、どのくらいかかる？」

「大至急作成させていただきます」

「頼みます」

ノックがした。同じ部署の女性社員が顔を出し結城に電話だと告げた。

「会議中だって言って下さいよ！」

少し怒気の含んだ声で結城が言うと、女性社員は言いにくそうに、

「申し上げたんですけど、お急ぎのようです」と付け足した。

「折り返すって言ってください」と女子社員に告げる結城に、

「では結城さま、私はこれで失礼します」とカブラギが立ち上がった。そして、

「バディーを1人付けさせていただきます」と付け足すように言った。

「バディー？」結城は、意味が分からず聞き返す。

「相棒のことです。計画が終わるまでご一緒いたします。女性です」

女性と聞いて結城は気色ばんだ顔を少し和らげた。

カブラギから、プランが出来上がったという連絡がきたのは3日後だった。結城はその速さに満足した。

その日の午後、カブラギと相棒の女が会社へやってきた。女は紺のスーツにパンツ、白のブラウス姿だった。特徴がなく、どこにでもいるリクルート社員のようだ。顔かたちは一応整っているが、化粧をしているのか、いないのか分からないほど飾り気がない。髪は一つにまとめていた。真面目な高校生がスーツを着たような姿に、結城は少し心配になった。

「あなたが、コンビを組む女性ですか？」

結城の質問にはカブラギが答えた。

「当社一押しの社員です。彼女の成績は常にトップです。安心してお任せください」

女はアヤと名乗った。結城は不安になったが、カブラギがそこまで言うなら信じてみよ

うと思い直した。失敗したら違約金が返ってくるのだからと。

結城はカブラギの作成したプランの説明を聞き始める。

結城が依頼した1人目は、サクラという23歳の女で女性下着店の販売員だ。売上実績はまあまあだが、客に対して親切な態度は好印象を与えているようだ。性格が良く情が深い女だった。ただ顔は平均以下だ。

サクラは結城という彼氏が自慢だった。だが常に不安を抱えていたのも事実だ。いつか捨てられる。釣り合わない彼女を嫌いになる時が来るのではないかと、怯えているのだ。

アヤとは午前11時に渋谷のハチ公前で待ち合わせた。結城は5分前に着いたが、ほぼ時間通りに結城に声を掛けた女がいた。それがアヤだと気づくまで暫く時間がかかった。紺のリクルートスーツの時の印象とあまりに違っていたからだ。

一見してブランドと分かるワンピースはミニで、細くて形の良い足がすくっと地面に伸びている。小さめのきらきら光るバッグを持ち、綺麗な栗色の髪は巻毛にして肩に落としていた。結城は声がでなかった。

「じゃ、行きましょ」

アヤのそっけなく言った声で結城は現実に引き戻された。

サクラが働いている女性下着の店は渋谷のアーケード街にあった。仕事中に突然行き問答無用に別れを決意させようというのだ。

アヤが先に店に入った。「いらっしゃいませ～」とソフトな声が聞こえる。サクラの声だった。結城が後から入りアヤの隣に立つと、アヤは結城の腕に腕をからませ、極上の甘い声を出した。

「この店で一番高いの欲しいな」

サクラの引きつる顔が視野の端の方にある。結城はまともに見られなかった。だがアヤは容赦なかった。

「あなたが元カノのサクラさん？」

サクラは肯定も否定もせずに、眼に涙を浮かべ始めた。泣くまいと必死に堪えているようだ。

「あのね、もうこの人には近づかないで欲しいんだけど」

これほどストレートに切り出すとは、結城はサクラが心配になってきた。できたらあまり傷付けずに別れたい女だ。

アヤはバッグから小さな紙ときらきら光るペンを取り出しサクラに差し出した。

「これに、一筆書いて！」

「い、いや、そこまでしなくても」

結城が止めようとするとアヤが睨み、ピンヒールで結城の靴を踏んだ。ピンヒールは思っている以上に痛い。思わず悲鳴を上げた。

「こういうことは、はっきりさせておいた方がいいの！」

アヤが差し出した小さな紙切れは、どこかでもらったレシートの裏だ。

サクラは暫くの間アヤと結城を見ていたが「必要ありません。もう二度と連絡しませんから」と答えた。

サクラの潔い身の引き方に、結城はかえって未練が残った。一緒に歩くのは躊躇《ためら》われる女だが、白い肌と意外なほどのふくよかな胸が思い出される。

店から出ると、しなだれるように歩いていたアヤが腕を放して言った。

「邪魔だけはしないでください！」

結城とアヤはこの日、2人目の女マユミと会うことになっていた。年は27歳だ。

一流保険会社の社員でプライドが高かった。マユミとは退社後、結城とマユミがよく利用する、六本木にあるバーの近くのマクドナルドで待ち合わせた。

アヤとは一度別れ、夕方駅で合流した。この時も結城はアヤだと気づかなかった。リクルートスーツこそ着ていなかったが、初対面の時のように化粧っけがなく、服はもうダサイというレベルのものだ。結城はアヤと並んで歩くのを躊躇うほどだった。アヤは腕をからめることもなく、結城の少し後ろを歩いてついてきた。

マユミからショートメールが入っていた。どうやらマックで待ち合わせというのが気に入らないようだ。いつものバーで飲んでいるというメールが届く。結城はマユミを引き留めるメールを返す。

待ち合わせの時間より、10分ほど遅れて、結城とアヤはマックに着いた。マユミはイライラした表情で結城を確認すると、すぐに立ち上がろうとした。しかし後ろに、なにやら地味な女がいるのに気づき座り直す。

2人が座るとすぐに、アヤがマユミに切り出した。

「結城さんにストーカーするの、止めてください」

少し訛っていた。

マユミは一瞬「ハッ?」と声を出して、結城の顔を見た。

「マユミさんが、彼をすぎなのはよ~くわがります。でももう私という、彼女ができましたから」

「ハー?　え、もしかしてどっきり?　なんの冗談?」

マユミが呆れ顔で訊いた。

「冗談じゃありません。これからは結城さんに近付かないでください」

「ちょっと、何か言いなさいよ、なにこの女!?」

「あの、実は…新しい彼女なんだ」

「ハーーーーッ!」

思わず出した大声に、周りの視線が集中した。マユミはそれに耐えられなくなったのか凄むような表情で「外へ出なさいよ!」と言った。アヤは構わず、ますます声を大きくして話を続けた。

「マユミさんが、他に彼氏がいないことは承知しています。でも結城さんはあなたを愛してません」

その言葉は思った以上にマユミを打ちのめしたようだ。

「あなたは結城さんから、結婚しようと言われたことありますか？」

「それは…」

「言わなかったのは、あなたを愛してもいないからです。身体です。身体だけの関係です」

マユミは頬をぴくぴくさせながら、結城に「そうなの!?」と聞いた。結城は黙って頷いた。次の瞬間、マユミは立ち上がると同時に小さなテーブルの上のドリンクとポテトを払い落とした。

周りの人の眼が3人に集中する。

「別れたかったらはっきり言えばいいでしょ！」

マユミが叫んだ。すでに周りの眼は気にならなくなっているようだ。

「こんなブスのどこがいいのよ!?」

それからマユミは、テーブルに残ったポテトを一本摘み、それを口に入れてアヤに言った。

「ブスブスブス！」

そして、ヒールを鳴らしながら出て行った。

たった一日で2人と別れられた。余りにも簡単にことが運んだため、結城は急にDカンパニーに支払った金が惜しくなってきた。相棒の女を探せば自分でもできたかもしれないという考えが湧き上がってきたのだ。必要以上の金を払ったような気になった。

アヤの活躍を見て、アヤに対しても興味が湧いてきた。

マユミと別れた後、結城はアヤを誘った。一緒に飲むだけだと言ったが、彼女の返事は「規則で禁止されています」とそっけなかった。

六本木で別れた後、結城はこっそりアヤをつけた。アヤは尾行されているとは思っていないようだ。一度も後ろを振り返ることなく、自分の家に帰っていった。

そこは駅から5分ほどの所にある白い外壁のアパートだった。

「けっこうおしゃれな所に住んでいるな」

場所を確認したらすぐに帰るつもりだった。だが結城はアヤをもっと知りたいという想いを振り切ることができなくなっていた。あれほどの大金を払ったのに、思った以上に関単に決着がついた。何かの形で取り戻したいと思った。

玄関のベルを鳴らす。中からは何の反応もなかった。再度ベルを鳴らした。暫くして中からドアが開いた。

呆れた表情で結城を見ているアヤがいた。

「こんなことをするとは、契約を解除しますか?」

「いや、そうじゃなくて君のことがもっと知りたくて、つい」

アヤは結城の言い訳を一通り聞いたふりをすると、諦めたのか「どうぞ」と招き入れた。

しかし結城は、アヤについて更に驚くことになった。

リビングにベッドが置かれ、隣に小さなキッチンとバスルームが付いている部屋だった。

女ひとりでは十分な広さがある。だが、リビングの部屋一面に洋服、バッグ、ヘアピースや化粧道具までが散乱していた。これはいわゆるゴミ屋敷といえた。床が見えなかったのだ。

言葉がでない結城にアヤは平然と「茶もないけど」と言った。そして床の一か所だけ服をどかした。座るスペースを確保してもらった結城は、無言で僅かに見える床の上に腰を下ろした。

「これでは、どこに何があるか分からないだろう?」皮肉を込めて結城が言うと、「全部把握している」とアヤが即答した。

「午前中、サクラさんに会いに行った服は、あなたの右斜め後ろのグリーンの服の下にある」

結城が後ろのグリーンの服をどかすと、あのミニのワンピースがでてきた。

ブランドの服が台無しだ。

「ね、結構合理的」

アヤはまったく悪びれる様子はない。結城は急にアヤへの関心をしぼませていった。

3人目の女サトミは、いちばん厄介な相手だった。結城が美玖と付き合っていることを知っているからだ。美玖の写メも手に入れていた。だからサクラとマユミのようにアヤが美玖のフリをして会うことはできなかった。

そのためDカンパニーが考えた別れのプランはこうだった。

結城が素直に美玖との結婚の意思をサトミに伝える。サトミが別れに応じない場合はDカンパニーが出て行く。別れのための条件を聞き、慰謝料を含めて話を付けるという手はずだった。いわゆる弁護士の役目をDカンパニーがするのだ。

だが結城はサトミの場合は気持ちが楽だった。前2人がすんなり片が付いたこともある。修羅場になりそうならDカンパニーが片をつけてくれる。交渉するのがアヤなのか、カブラギなのか分からないが、Aプランを契約してあるのだ。確実に100％成功させてくれる筈だ。

サトミは実家暮らしだ。両親と暮らしている。だから彼女と会う時はホテルを利用した。結城はサトミ以外の女と会う時も自分のマンションは使わなかった。鉢合わせになると困るからだ。いつも女の部屋かホテルだ。

いつものホテルでサトミとの待ち合わせを決めてある。

先に部屋に入ったサトミからショートメールが届く。部屋番号だ。受付を通さず部屋へ直行した。ドアをノックする。しばらく待たされ中からドアが開いた。サトミはシャワーを浴びていたらしく、裸にバスタオルを巻き付けたままだった。

結城はこの女に未練はなかった。身ぎれいに着飾ることに金を惜しみなく使うタイプだ。この日も肌を磨き、いい香りの香水を身にまとい、シャワーを浴びて結城を待っていた。

入ってきた結城の表情が硬かったからか、サトミは何かを察したようだ。ストレートに訊いてきた。

「決めたの？」

「え、何を？」結城がとぼけて聞き返す。

「美玖って子との結婚」

さすが察しが早い、と感心した。だがここはきっぱりと言わなければならない。アヤのやり方を見ていて、そう感じたのだ。

「うん、結婚するつもりだ」

サトミは返事をしなかった。やはり正直に認められるとショックなのかもしれない。

結城は黙っているサトミに何か言おうかと思ったが、カブラギの言葉を思い出す。

「はっきり言ったら、言い訳がましいことは何も言わずに、相手の言葉を待ってください」

その通りにしている。それにしても長かった。サトミはサトミで考えているのだろう。

暫くしてサトミはバスタオルを外し服を着始めた。そして落ち着いた声で言った。

「分かった」

結城はほっとした。余りの素直な態度に小躍りしそうになったが、できるだけ冷静に言葉を返した。

「じゃあ、悪いけど帰る」

結城がドアの方に向かおうとすると、背中でサトミの声がした。

「一つだけ条件がある」

サトミには「結婚しよう」とか、指輪をプレゼントしたりしたことはない。友人に紹介したことすらないのだ。会うのはいつもホテルだった。証拠になる物は何一つ残してないはずだ。だから訴えられることはないと思いながらも、サトミの性格なら金を要求されるかもしれないと思った。

「紹介して、美玖さん」

サトミは美玖に会ってみたいのだと言う。紹介してくれたら素直に別れると言った。

「大丈夫、喧嘩したり、あなたとのことを暴露したりしないから」

信用できるはずはなかった。女はいざとなると何をするか分からない。結城は考えてみると言い残しサトミと別れた。

カブラギに相談すると簡単に答えが返ってきた。

「分かりました。会わせましょう」

結城は慌てた。それは困るのだ。美玖はカンが良く、友人だと紹介してもきっと信じない。サトミだって何を言うか分からないのだ。

「なんのためにオタクと契約したと思ってるんですか!?」

抗議する結城に、カブラギが落ち着き払った様子で「ご心配なく」と言い「本物と会わせるわけではありません」と答えた。

「え、まさか！」と結城は答えた。だがアヤならできるかもしれないとも思った。

アヤと行動を共にする前なら、カブラギの言葉も信用しなかった。だが今は違う。アヤならできるかもしれないと思ったのだ。

美玖の化粧はいつも濃かった。それは結城の不満でもあったのだが、今はそのことに感謝したいくらいだった。美玖に変身したアヤの化粧は、結城でも見違うほどだった。

服も美玖がよく着ているブランドの物だ。しかも話し方まで美玖そのものだった。

美玖に化けたアヤとサトミを会わせると、心配した通りサトミは今までの結城との関係を暴露し始めた。ホテルの名前や部屋番号までもだ。会った日は手帳に付けていたらしく、その手帳まで見せた。そしてベッドでの結城の癖や態度まで言い出した時はさすがに結城は怒りを覚えたが、カブラギの言葉を思い出し黙っていた。

徐々に興奮してきたサトミは、捨て台詞のように言った。

「あなたも可哀そう。こんな最低の男と結婚するなんて!」

そこでも結城は言葉を挟まなかった。するとアヤがサトミにこう答えたのだ。

「ありがとうございます、心配していただきまして。でも幸せになります私たち」

サトミは敗北感を顔いっぱいに浮かべて帰っていった。

この日は、4人目の人妻レイカとも会うことになっていた。アヤが美玖に変身していたため、同じ日に会った方が都合が良いというのだ。

レイカは結城より10歳上だった。結婚し小学生の娘がいた。結城がもっとも簡単に別れられると考えている相手だ。「家庭を壊すつもりはない。上手くやりましょ」というのがレイカの口癖だった。だからDカンパニーともCプランの契約だ。80％の成功で良かった。レイカも騒ぎを起こしたり、夫に知られることだけは避けたいと考えてるはずだ。

レイカとの別れは、やはりホテルの一室だった。結城とレイカがベッドインしたところへ美玖に化けたアヤが乗り込み、暴れ罵倒して追い出す。それだけで人妻であるレイカは、夫や子どもに知られない最良の方法は、二度と結城と会わないことだと判断する筈だ。

「どうしたの、こんな時間に呼び出して」

ホテルの部屋で会ったレイカは愚痴っぽい言い方とは反して、結城とのデートに満更でもない態度だった。最近結城からの誘いがなく不満に思っていたようだ。

「夫は帰りが遅いから、いいんだけど。子どもが帰ってくる時間に家にいないのって、後でけっこう大変なのよね」

レイカは聞きもしないことまで言いながらさっさとシャワールームへ消えた。

ベッドでのレイカは積極的だった。

ドアをノックする音がした。アヤだと思った。「誰か来た」結城が言うと、

「いいわよほっとけば」と取り合わないレイカ。

さらにノックの音が続く。諦めてもらったら困るのだ。結城は気が気ではない。

「気が散るから、出てみるよ」結城がベッドから下りる。パンツを穿いていると、

「なにやってるのよ！」とウザそうな声をだし、ベッドからスルリと下りたレイカがドアに向かった。全裸だ。結城は慌ててジャケットを持ってレイカの肩に掛けた。

ドアを少しだけ開けると、カブラギがホテルマンの姿で立っていた。

「お取り込み中申し訳ありません」カブラギが頭を下げる。

「そう思ったら帰って！」

レイカがドアを閉めようとすると素早くカブラギの足が伸び、ドアを閉めさせまいとした。ナイスタイミングだ。

「このお部屋から異常な音がすると、苦情がありまして」

「ハアー？」とレイカの態度が軟化した瞬間、一気にドアが開き、美玖に化けたアヤが入ってきた。

「なに、あんた！」

レイカに掛けたジャケットは落ち、状況を把握しようとするレイカの眼が目まぐるしく動いていた。

カブラギは静かに外からドアを閉めた。「後は宜しくお願いします」と結城にアイコンタクトを残して。

美玖に化けたアヤが、

「人の婚約者に手を出して、ただで済むと思ってるの!?」と凄んだ。さすがアヤだ。

「婚約したの？」とレイカが結城に確かめる。結城は頷いた。

「あんたのダンナ、ナナワ銀行の新宿支店の支店長なんだって？」

どうしてそんなことを知っているのかという顔のレイカ。結城にも話してなかったからだ。しかし次の言葉でレイカの顔が蒼白になった。

「娘は白菊女学院でしょ。厳しいんだよね、あそこ」

レイカはもう戦意を喪失していた。黙って服を着始めた。

「ババアの癖に、若い男としけこむんじゃねーよ！　二度と会わないとこれにサインしな！」

アヤはＡ４にプリントアウトした紙を差し出した。「誓約書」となっている。今回はきちんとした書類だ。

レイカは無視し、急いで出て行こうとするがドアの外でカブラギが立っていて帰れなかった。渋々レイカはアヤの元に戻り、乱暴にサインをした。

「二度と会わないと誓うから、私や家族に近付かないで！」

その言葉を聞いて、アヤは少し微笑んで言った。

「了解」

それにしても４人とも見事だった。アヤが成績トップというのも頷けることだ。カブラギがこれで契約終了となります。書類にサインしていただいたら我々も帰りますと言った。アヤは車の中にある書類を取ってくると言って出て行った。

結城は達成感でいっぱいだった。今日はこの部屋で過ごそうか、折角とった部屋だ。アヤを誘ってみるのも悪くない。仕事は全て終わったのだ。堅く考えることはない。ルームサービスでシャンパンでも頼もうかと考えていた。

アヤが戻ってきた。手に茶封筒を持っている。

「凄いよな、君の腕は。おかげで綺麗に４人の女と別れられた。良かったら一緒に乾杯しないか？」

アヤの表情が険しかった。やはり駄目か。この女は仕事はできるが、遊び心が全くない女だと結城は心の中で舌打ちした。

「分かったよ、もう誘わない」結城が言うと、

「何が分かったの!?」

きつい言い方だった。もうお芝居は終わった。もういいよ、少し疲れた。結城がそんな表情をした時だった。アヤがつかつかつかと結城に近付き、思いっきり平手打ちをした。アヤは手に指輪をしていた、結城が美玖にプレゼントしたものだ。それが頬に当たり、大きな傷になり出血した。叩かれたことより、赤い血に驚いた結城は動揺した。

「なにするんだ！」

「分からない？　美玖よ！」

「え？」

「本物の美玖なの！」

結城はカブラギを捜したが、姿はどこにもなかった。もちろん美玖に化けたアヤは戻ってこなかった。

美玖はＡ４の茶封筒から書類を出した。結城の身辺調査報告書だった。

「父から聞いた時は嘘だと思った。別れさせるための口実だって」

「で、でもどうして、ここに？」

「Dカンパニーに父が依頼したの。あなたと私を別れさせるために」

「え、て言うことは……」

結城はやっと理解したのだ。Dカンパニーは結城と、美玖の父親の両方から依頼され、すべて100％解決する計画を立てたのだということを。

あの日以来美玖と連絡が取れなくなった。もちろんアヤのあの白いアパートはもぬけの殻だ。結城は地方の営業所への左遷が決まった。そしてあれほどモテた結城は、どういうわけか女に相手にされなくなった。

了

平成　牡丹燈籠
古典落語「牡丹燈籠」の二次創作・現代版「牡丹燈籠」

1

「私はね、弟子は取らないことにしているんですよ」

落語家の囃子亭菊輔《はやしていきくすけ》は真っ赤なTシャツとジーパン姿で正座をしている若者に言った。昔から弟子は取らないと決めていた。還暦を過ぎ今更若者を育てる気もなかった。気苦労だけで何一ついいことはないからだ。たとえ素質のある者だったとしても、一人前にしたところで競争相手を増やすだけだと考えていた。

秋山《あきやま》さんからの頼みだった。秋山さんは菊輔が落語だけでは食えない頃お世話になった人だ。食事をご馳走してもらったことは数えきれないほどある。菊輔の素質を信じ、諦めるなと言い続けてくれた心の恩人でもあった。

その秋山さんから落語家希望の19歳の若者に会ってやってほしいと頼まれた。断り切れなかった。

若者は萩原新二郎《はぎわらしんじろう》と名乗った。しかし名前以外をまったく話さない。黙って座っている。

弟子入りをお願いするという態度ではなかった。そのくせ出された茶菓子と飲み物はあっという間に平らげた。

無遠慮で礼儀を知らないと舌打ちしたい気持ちだ。落語家になりたいのかどうかも疑わしい。菊輔は最近よくテレビに出ている。落語の披露ではなくバラエティー番組への出演だが、姿を見ない日はないほどだ。この若者も落語家というよりテレビに出たいと思っているだけのように思えた。怒鳴って追い返したいところだが、間に入った秋山さんの手前それもできなかった。

「もっと若い噺家のところへ行ってごらんなさい」

若者はウンともスンとも言わない。菊輔はイライラしてきた。これからテレビ局へ行かなくてはならない。バラエティー番組の収録があるのだ。

「だからね、いくら粘っても駄目だよ。私は引き受けないから！」

菊輔がさっと腰を上げようとした時だった。

「断る！」

若者が大きな声で言った。

「その返事、断る！」

正座をしたままどうどうと言い放った。これは想像を超えた人種だと感じた。還暦過ぎの人間の手に負えるものではない。

菊輔はあるアイデアを思い付く。

「名は萩原新二郎と言ったね？」

1週間で古典噺をひとつ覚えてこれるかと訊くと「できます！」と威勢のいい返事が返ってくる。

「牡丹燈籠」が噺せるようになったら弟子入りを考えてもよいと言った。

「なあに、最初の下りのお露が化けて出てくるままでいいからね」

もちろん出来が悪ければ諦めるんだよ。この世界甘いもんじゃないからね。と付け足すことも忘れなかった。

萩原新三郎は三遊亭圓朝の名作「牡丹燈籠」にでてくる名前だ。平成生まれの萩原新二郎という若者に圓朝の名作「牡丹燈籠」を演じさせてみる。これは我ながら良い思い付きだと思った。自然に笑みがこぼれる。

おそらく牡丹燈籠とはどんなものか、恋煩いで死んでしまうとはどういうことか、この若者には理解できないだろう。きちんと噺になるかどうかさえ疑わしいものだ。

若者はその提案に納得したのか「わかりました」と言い、頭を軽く下げ立ち上がった。それから後ろをくるりと向いた。その後ろ姿を見て菊輔は腰を抜かさんばかりに驚いた。Tシャツの後ろに大きく「僕はあなたの息子です！」とプリントされていたからだ。

若者が出て行った後、Tシャツの文字が気になってしかたがなかった。今では大人しくなったが20年前頃までは女遊びも派手だった。突然「あなたの子どもです」と名乗り出る子がいてもあり得ないことではなかった。だが萩原という名の女に覚えはなかった。

2

新二郎はさっそく4歳年上の恋人ナナに報告した。菊輔の思惑に反して噺を覚えるのは自信があったのだ。実家にあったCDのほとんどは落語だったからだ。小さな頃から繰り返し母親が聴いていたので新二郎も自然に好きになった。ただ「牡丹燈籠」はまだ聴いたことはない。実家にも怪談ものは置いてなかった。さっそくCDと本を購入した。

「怪談　牡丹燈籠」は代替わりで続く壮大な噺だった。旗本、飯島平左衛門の娘お露と萩原新三郎との恋はその一部だ。

母親が死に父親が再婚したため、柳島の別荘へ移されたお露は萩原新三郎と恋に落ちる。悲劇の始まりだった。

ナナが泣きそうな顔をしている。お露は親に捨てられて可哀そうだと言った。

萩原新三郎って名前が新ちゃんと似ているとナナが言う。

「俺は新二郎、落語の方は新三郎だ」

怪談話だと思っていたのがラブストーリー展開になっていく。新二郎とナナのテンションは上がっていった。だがこの頃からナナの様子が変わっていったのを新二郎は気づかなかった。

逢いたくて逢いたくてたまらない日々が続くが新三郎とお露はなかなか逢えなかった。4月の満開の桜が散り始めた頃、新三郎は知り合いの医者からお露が死んだと聞かされる。

「恋煩い、あんたにですよ。あんたに逢いたい逢いたいって言い暮らしてたんです」

お露は新三郎を恋い焦がれ病気になり亡くなったと聞き、突然ナナが泣き出した。可哀そう過ぎると言ってシクシクと泣き続けた。

お盆の日、新三郎はお露を想って寝られずにいた。13日の月が真昼のように照らしている夜だった。そこに八つの鐘が鳴る。ボ〜〜ン。「虫が鳴くと、清水の方から女の下駄の音がする。カランコロン、カランコロンと、なんだこんな夜更けに女の人が歩いている」

圓朝はこのカランコロンが上手い。もっと軽やかに、もっと不気味に！　とナナが叱咤激励する。

幽霊に足はあったのかと思いながら新二郎はカランコロン、カランコロンと繰り返し練習し続けた。

「先に立ったのは年の頃39ほどの丸髷を結った女、牡丹燈籠を下げてやってくる。その後から年の頃なら17、8の娘、髪は文金高島田、秋草の振袖を着、緋縮緬の長襦袢、黒繻子の帯を締めている」

夏だというのに振袖かよ、暑くてたまらないだろと新二郎が呟く。ナナがムキになった。好きな人に逢いに行くのよ、一番いい着物に決まってるでしょと怒った。

「あなたは萩原さんじゃありませんか？　私は飯島の召使よねでございます」

「え、あなた方2人は亡くなったと聞きましたが」

生きていたことを知った新三郎は喜んで家へ招き入れる。2人はその晩泊まっていき、あくる日夜が明けないうちに帰っていった。

その後5日の間毎晩やって来るようになった。

やっと逢えたね、とナナが嬉しそうに言った。

3

囃子亭菊輔は2人の男女を前に身を縮めるようにしていた。1人は恩人の秋山で、もう1人は本居《もとい》和佳子《わかこ》だった。今は萩原《はぎわら》和佳子という。

和佳子は菊輔が遊びまわっていた20年前に知り合った女性だ。その頃菊輔には妻子がいたが、本気になった相手だった。

和佳子との出会いと別れが菊輔をまっとうな道へ引き戻したといえる。その後和佳子を忘れるかのように落語家として精進し、今の活躍につながった。

和佳子は年を重ねてもあの頃の面影を残していた。一度決めたら曲げない意志の強さはその眼に今も残っている。

菊輔は2人を前に気後れしていた。あの新二郎の件に違いないと思ったからだ。

菊輔の本名は新一《しんいち》といった。和佳子は別れたあと、新二郎を産み1人で育てていたが15年前に再婚した。再婚相手が萩原姓だったのだ。

「今更、認知などと言う気はありません。ただあの子が落語家になりたいと言い出しまして」

和佳子は秋山に相談した。2人を会わせてみようと言ったのは秋山だった。まず会わせてしまえば、そこは親子だ。新二郎は菊輔に似ている。気づくに違いないと考えたのだ。だが上手くいかなかった。

菊輔は気づかなかったばかりか不躾な新二郎を嫌い早々に追い返した。自分の子どもであり和佳子が産んだ子だったのだ。1人で産み育ててくれた和佳子にも申し訳ないという気持ちが湧き上がった。

2人が帰ると猛烈な後悔が押し寄せる。知らなかったとはいえ新二郎をあんな形で帰したことが悔やまれた。なんという最低な父親だと自虐的な想いが胸に広がった。

後悔は胸騒ぎへと変わっていった。新二郎に牡丹燈籠を覚えろと言ったことが気になったのだ。落語の中の怪談噺だと思い直してみるが、どうにもこうにも気になってしかたがない。

菊輔は新二郎のアパートへ行ってみることにした。

4

師匠に「牡丹燈籠」の披露をする日まであと2日と迫っていた。新二郎は体調を崩していた。ナナが来て料理を作り看病してくれるが一向に回復しなかった。お露が逢いに来るところから先の噺をまだ覚えていないのだ。気持ちは焦るが、ベッドから起きられずうとうとと浅い眠りを繰り返していた。

毎日夜の8時頃になると仕事を終えたナナが新二郎のアパートへやってくる。この日はいつもより遅いと感じた。最近時間の感覚がなくなっている。

アパートの外廊下から女のヒールの音が聞こえてきた。

カッツ、カッツ、カッツ…

音は次第に大きくなってくる。新二郎は「ナナが来た」と思った。

足音は新二郎の部屋の前で止まった。カチャリと鍵を開ける音がする。

「新三郎さま〜」

新二郎は起き上がろうとするが体が重く起き上がれない。声を出そうとするが声も出なかった。体の上に黒く重い気配のようなものが漂い、新二郎を押さえているかのようだ。

ナナ助けてくれ。眼が開けられない。

やっとの思いで絞り出すように叫んだ「ナぁ、ナー！」

力を込めて目をカッと見開いた。女が新二郎の上に覆いかぶさっている。結った髪を振り乱し緋縮緬の長襦袢に黒繻子の帯をだらりと崩し手には牡丹燈籠を持っていた。それを振りながらわらっている。

「わっわわわわー！ーーーっ！」

「イッヒッヒッヒッヒーッ…」

「新三郎さま～」

「ちがう、違う！」

「なぜ妻にしてくださらないのです？」

化け物は新三郎の名を呼びながら妻にしてくださいと繰り返し言った。

新二郎はやっとのことで叫んだ。

「こここ断る！」

それから勢いがついたのか、

「新三郎ではない。し、新二郎だ。一本足りない！」

その時ドアをけ破るように菊輔が入ってくる。

「待て！　まてまて待て！」

化け物はイッヒッヒッヒッヒーッ…と笑いながら菊輔を見た。

「そそそいつより俺の方がずーっと噺は上手い。聞いちゃあくれねえか俺の牡丹燈籠！」

新二郎の上の黒い化け物がにやりとしたかと思うと、すーっと消えていった。

床の上にナナが気を失って倒れている。新二郎が駆け寄り抱き起こした。

「ナナ、ナナ！」

ナナは新二郎の腕の中で薄く眼を開け言った。

「あ、一本足りない人」

了

終活に忙しいのです
古典落語「死ぬなら、今」の二次創作品

俵木純一郎《たわらぎじゅんいちろう》は貯金通帳を見るのが生きがいだった。特に資産があるわけでもない家に生まれ、特に際立った能力があるわけでもない純一郎にとって、金を貯めるのは節約しかないと思ってきた。1に節約2に節約の生活だ。結婚は籍を入れただけで、子どもは生まれた時から節約教育を欠かさなかった。思春期に反抗されたこともあったが、この生活が嫌なら学校へは行かなくてもよいから働くように、と言うと反抗は収まった。勉強をしろと言ったことはない。3人の息子は公立以外に進路がないことを自覚していた。

進んで勉強し、公立の中高から国立大学へと進んだ。子どもを育てるのは貧乏に限るというのが純一郎の持論だ。

会社勤めの頃から金貸しもしていた。金に困っている人はいつの時代にもいるものだ。社会的地位のある人も多く、純一郎の裏の稼業はけっこう繁盛していた。定年退職後も電話一本ですぐに現金を用意した。利子は裏稼業としては良心的だったが、取り立ては厳しかった。給料日にATMまで一緒に行って返済させることも多かった。それでも純一郎を頼ったのは、何より口が堅かったからだ。

息子たちは3人とも独立し、今では節約主義で育ったことを感謝している。給料が安いと愚痴をこぼすこともない。貰った賃金のなかで十分やりくりできるからだ。息子たちは自分の子どもたちにも勉強を強要することなく育てている。上出来の人生だ。

ただ7年前に女房を63歳で亡くした。妻が死んだのは病院へ行くのが遅過ぎたことが原因だった。妻は「寝てれば治る」が口癖の純一郎に遠慮して、体調の悪いことを誤魔化し誤魔化し生活していた。

今になって想う。「女房が早死にしたのは、俺のせいだ」

純一郎は今年73歳になる。最近寂しさを感じている。

純一郎は川岸に立っていた。川の向こう側には美しい花畑が広がっている。

「ああそうだ、ここは三途の川原だ」

朝の散歩の時に交通事故に遭った。赤信号で渡ろうとしてタクシーに撥ねられたのだ。節約し続けた人生だ。小金がたまってからは裏で金貸し稼業もやってきた。金は面白いほど殖え続けた。今三途の川原を前にして、自分の人生はこれで良かったのかと考える。自分のためには何一つ贅沢なことをしてこなかったからだ。何のために金を貯め続けたのかとも思う。

この川を渡れば女房が待っている。女房には可哀そうなことをした。自分の節約人生に黙って付き合ってくれた。挙句の果てに寿命を縮めることになった。

純一郎は意を決して川を渡ろうと思った。すると小舟がこちら岸にやって来る。船頭がひとり乗っていた。

「おまえさんはまだ乗せられない、帰りな」

純一郎が「まだ生きられるのか？」と訊くと、船頭は台帳を見ながら言った。

「3か月後ってことになってるね」

そうか即死ではないようだ。どうやらあと3か月は生きていられそうだ。

「おまえさんは、ほぼ地獄行きだからね」

地獄と聞いた純一郎は驚きアタフタし始める。

「おまえさん、金貸しやってたんだろう？」

「そ、それほど阿漕《あこぎ》な金利を取っていたわけじゃありません！」

「まあ、そのへんのところは閻魔大王がお決めになる。今大王は留守だから、ちょうどいい。3か月後においで」

地獄と聞いた純一郎はもう気になってしかたがない。3か月の猶予を貰ったが地獄は怖い。文字通りの地獄のような苦しみをエンドレスに味わい続けるのだ。体を引き裂かれたり、鋸で切られたりするのだ。舌を抜かれ釘で打ち付けられるとも言われている。

人を殺めたことはないが、金の取り立てで自殺に追いやってしまった男がいる。小地獄くらいへは落とされるかもしれない。それでも地獄は怖い。

船頭は「じゃ」と言って櫓をこぎ始める。

「それと、渡し賃の300万円、忘れないように！」

「３００万！　そんな阿漕な！」

「そのぐらいは払わんとね、金貸し業で稼いだんだからさ」

船頭はにんまりとして、

「それから、持ってきた金、偽金かどうかチェックするからね」

それから船頭は「じゃ、３か月後に」とぎこぎこと向こう岸へ櫓を漕いで行ってしまった。

自分は天国へはいけない。地獄行きだ。自殺に追い込んだ男の顔が浮かんだ。病気を我慢して死んでいった女房の顔が浮かんだ。地獄は怖い。なにより天国にいる女房に逢えない。

純一郎は今、病院のベッドで寝ている。金縛りにあったように動けなかった。人生で初めての入院だった。枕もとで息子たちの声がする。葬儀の相談だ。

「俺はまだ、死んでないぞ！」

力を振り絞って眼を開けると３人の息子たちの顔があった。純一郎をのぞき込んでいる。

「生き返った！」

驚いている息子たちに純一郎は、

「まだ死なん、まだ死んでない！」

声をふり絞って叫んだ。

3か月の猶予をもらい奇跡的に回復した純一郎は、地獄へ行かないための指南書を探し読み漁った。指南書には善行をすれば徳が得られる。徳の高い人は天国へ行かれるとあった。金は十分にある。三途の川原の渡し賃300万だけ残して、すべて善行のために使い切ってしまおう。

葬儀屋に行き葬儀の予約をした。墓地を探し最高級の墓石を購入した。お寺に付け届けも済ませた。葬儀に参列してもらう500名分のリストも作成した。後は善行をするだけだった。

だが善行というのはどうやったらいいのか分からない。今まで人に喜ばれることを何一つしてこなかったのだから仕方がない。

純一郎は考えた末に、自殺に追いやってしまった男の遺族を捜してみようと考えた。金を貸しても返さないので返済を強く迫った。追い詰められた男は死を選んだ。遺族は家を追われ行方が分からなくなっている。確か小学生の子どもが2人いた。母と子のその後の生活が気になった。

探偵社に依頼し捜し出してもらった。遺族は債権者に見つからないよう、びくびくしながら暮らしていた。純一郎は2千万の現金を用意し紙袋に詰めた。鼠小僧のように窓から投げ入れようかと思ったが、相手が誰だか分からないのも困る。地獄の閻魔様の耳に届かないともっと困る。

「以前金貸しをしてた者だが」と言って、現金の袋を差し出した。遺族は何か裏があるのではないかと騒ぎだし、棒で殴られ追いかけまわされた。

善行も楽ではなかった。

だがあしながおじさん育英会への寄付はスムーズにいった。それからは慈善団体への寄付をし続けた。


タイムリミットもあと1か月と迫った頃、順調に減り続けていた貯金の底も見え始めた。その頃になると息子たちに知れることになった。

3人の息子たちが集まってきた。今まで、無駄なことに金を使うなと言い続けてきた。さぞかし反対されるだろうと気がまえた。

だが息子たちは、父親が爪に火をともすように貯めたお金をどう使おうとかまわない、と理解のあるところを見せる。

純一郎は三途の川原とお花畑の話をした。船頭に追い返されて地獄行きだと告げられたと打ち明けた。長男が「地獄行きでは可哀そうだ」と言う。次男三男も揃って頷いた。

ところが三男が「そんなことで、天国へ行けるのか?」と言ったことから、話は妙な方向へと向かっていった。

善行というのはお金をくれてやることではない。真の善行は見返りを求めない善意の行為をいう、ということになった。

純一郎の望んだ豪華な葬儀も異論が出た。今まで冠婚葬祭の付き合いはしてこなかった。

通夜や葬儀に線香を上げに行くことはあっても、香典は持って行かなかった。そんなことを長い間してきたのだ。「親父の葬儀に人が集まることはない」というのが息子たちの一致した意見だった。

そして葬儀の費用に金を掛けるのは無駄で愚かな行為だということになった。純一郎もだんだんその通りだと思うようになっていった。

それからはボランティアに明け暮れることになった。東に災害があったと聞けば、駆けつける。西に不幸があったと聞けば、駆けつけた。行った先で感謝され続け1か月はあっという間に過ぎていった。

いよいよその時が迫ってきた。息子たちにお棺の中には300万を必ず入れて欲しいと札束を渡してある。三途の川原の渡し賃だ。さあこれで良し。いつお呼びがかかっても大丈夫だ。「死ぬなら、今だ」

善行を重ねたから天国行きは間違いない。船頭のいう三途の川原の渡し賃が300万とは阿漕にもほどがあるがこれだけは最後の贅沢だ。何度も頼んでおいたので必ずややってくれるだろうと思ったが、念のため息子たちに聞いてみる。

「必ずお棺のなかに入れてあげるから」と返ってくる。だが安心したのもつかの間、渡した現金は小切手に換えてあるという。純一郎は驚いて、

「それは駄目だ。船頭のチェックが入る！」

「大丈夫小切手は本物だ、安心して」と息子たち。

3か月が過ぎた。純一郎に何の異変も起こらなかった。

4か月が過ぎた。何も起こらない。

落ち着かない純一郎は息子たちに尋ねる。

「ところで、私はいったいどんな理由で死ぬんだい？」

息子たちは純一郎に精密検査を進めた。

結果どこも悪いところはなかった。節制した粗食を続けているため、血液や血圧、臓器の異常は見当たらなかった。元気そのもので100まで生きると言われた。

100まで生きると言われて慌てたのは純一郎だ。貯金はほとんど使い果たしてしまった。100歳になる頃には小切手は不渡りになっているだろう。怒った船頭が閻魔様に地獄行きを勧めるかもしれない。どうしたものかと考えた。

「そうか、また貯めればいいのだ」

純一郎は再び、節約生活と金貸し業を再開した。

了

Ｙｏｕ ｓｔｉｌｌ ｌｉｆｅ
古典落語「短命」の二次創作品

年をとるのは嫌だ。容姿は衰え体力は低下する。なにより怖いのは死に向かって一歩一歩近づくことだ。誰も逆らうことはできない。

時間は一直線に進んでけっして元には戻らない。人間や世の中のものすべてが時間と共に老いていき古くなっていく。そして滅んでいくのだ。

60歳を過ぎると先の人生がほぼ読めるようになる。残酷なことだ。私の場合は今の会社で定年を迎え、妻と2人で小さな建売の家で時間を持て余しながら枯れて行き、やがて死を迎える。

美人でおだて上手な妻。その妻のおだてにのってがむしゃらに走り続けてきた。落語に美人の妻を持つと短命だという噺がある。私もきっと短命に違いない。

「会社の経営が苦しいのに早期退職者に選ばれなかったなんて、ありがたいわ！」

妻の麻子《あさこ》は満面の笑みで更にこう付け加えた。お決まりの一言だ。

「これは、あなたの人徳ですよ」

この言葉で私は40年間働き続けた。馬車馬のごとく。今は体も気力もボロボロだ。会社は業績が悪化し早期退職者を募った。私は妻に内緒で手を挙げた。

行ってくるよ。と言って持ちあげた鞄の中には昨夜もらった餞別の品と小さな花束が入っている。結婚式の新婦じゃあるまいしブーケかよ、と冗談を言ったら、

「大きな花束は持ち歩くのに邪魔かなって思いましてぇ」

部下だった女子社員がのっぺりとした声で言った。きっともう萎れているだろう。

昨日までと同じ時間に同じように家を出た。行き先はない。この日、妻は友人とランチの約束があり外出すると言っていた。妻が出かけた時間を見計らって家に戻ろう。今日は雲行きが怪しい。雨の中当てもなく歩き回るのは辛い。

11時過ぎに裏口からこっそり家に戻った。上着を脱ぎネクタイを外しソファに寝転んだ。いつまでもこのままではいられない。妻が戻ってきたら話そう、とぼんやりと考えていた。うとうととしていた。玄関で物音がする。鍵を開ける音だ。娘と息子は独立し遠方に住んでいる。連絡もなく突然帰ってくるとは思えない。

複数の女性の声に交じって妻の声がした。

「戻ってきた！」

咄嗟に居間に隣接する納戸の中へ隠れた。

おしゃべりしながら入ってくる声がする。

「あら、ネクタイ？　していったはずなのに」

しまった、ネクタイを持ってくるのを忘れた。

「さあ、今日はゆっくりしてって、主人は6時まで戻らないから」

6時？　まだ12時少し過ぎだ、このままではトイレにも行けないし、今更のこのこ出て行くこともできない。困ったな。

妻たちは天気が悪いので、デパ地下で弁当を買って我が家で食べることにしたようだ。

それにしても楽しそうな声だ。

「ご主人良かったわね、会社に残れて」

妻の友だちの康子さんの声だ。

「うちの主人土日は一日中家にいるから、ストレス！」

ストレスという言葉に共感したのか、どっと笑い声が上がった。亭主はストレスなのか？こんなことなら隠れたりしないで堂々と迎えれば良かった。早々に戻ってきた言い訳なんて何とでも言える。しかし隠れてしまった今、のこのこ出て行くことはできない。そんなことをしたら私のいないところで、この先何年も笑い話のネタにされるに決まっている。

「ねえ、木瓜の花が咲いたって言ったわよね！」

「見る？」

是非見てくれ妻の自慢の花を！　鉢植えの木瓜の木が美しい花を咲かせている。３人がベランダに出れば脱出のチャンスもくる。

納戸のドアを細く開け確認すると妻と友達２人はベランダへ出て行った。この時くらい妻の花好きを感謝したことはない。

　裏口からの脱出に成功するとベランダから見えないコースを選び、自宅からできるだけ遠くへと足を速めた。

　駅で来た電車に飛び乗った。どこ行きでもよかった。見つからずに脱出できたことでほっとした。

　終着駅で降りた。ふらふらと外へ出る。当てもなく歩いているうちに急に虚しさに襲われた。なぜ自分の家を逃げ出さなきゃならないんだと怒りが込み上げてきた。

　友人と過ごす妻の笑い声が蘇る。少し困らせてやるか。私はプチ家出を決めた。だが行く当てなどなかった。

　公園があった。知らない公園だ。ベンチに座って持っていた鞄を開けた。枯れた花束をゴミ箱に捨て、スマホの電源を切った。鞄の底に餞別の品が残っている。まだ開けてもいない。どうせちょっと高級なボールペンかシャープペンシルだろう。

「捨てるなら、くれよ」

　後ろから声がした。振り向くと老人が立っていた。顔には深いしわが入っている。何の躊躇いもなく未開封の箱を差し出した。

　老人がパッケージを開くとボールペンが入っていた。やっぱりな。

　精算で部下の女子社員が提出した領収書は某デパートのもので５４００円だった。

　きっちり予算内だ。花束のブーケも某花屋さんで４９００円の領収書のものだった。これも予算内だ。

何かを期待していたわけではないが、入社2〜3年で辞める社員と40年近く勤めた者への餞別の品が同じだということに、軽いショックを感じていた。

今までずっとそうだったのだ。自分の番でもそうなったというだけのことだ。くだらない感傷だ。何を期待していた？

老人はシノハラと名乗った。公園の近くに住んでいて年は62歳だという。同じ年だった。

「来るかい？」と篠原さんが言った。私は反射的に頷いていた。

途中コンビニに寄った。弁当2個とビールを籠に入れると、篠原さんが１０００㎖の焼酎を追加した。コンビニの小さなかご籠はずっしりと重くなった。

家は古い一軒屋だった。1人で暮らしているという。中に入ると独り暮らしだとひと目でわかる。ゴミは散乱していないが片付いてはいない。生活の必需品や衣服が雑然と置かれていた。

小さなテーブルの上に弁当とビールを置いた。2人は何も言わずに黙々と弁当を食べ、ビールを喉に流し込んだ。弁当を食べ終わると篠原さんがグラスを2個持ってきた。一つはコーラの文字が消えかかったグラスで、もう一つはアニメの画が書かれている寸胴のグラスだ。

「洗ってあるから」

グラスに焼酎を注ぐ。それをお湯で割った。2人はただ飲んで、飲んで、飲み続けた。

夜中に目が覚めると篠原さんが1人で飲んでいた。流石に声を掛けた。

「飲み過ぎですよ」

「いいんだよ。ぽっくり逝けば、あの世でかみさんに逢える」

篠原さんはグラスに残っていた酒をぐいと飲み干した。

「こんな俺にも、幸せな時があったんだよ。赤ん坊のことを玉のようなって言うだろ？あれってほんとだ。可愛かったなぁ−息子。すくすくでかくなって。学校へ行ったら成績も優秀で、俺は勉強嫌いだったから、トンビが鷹を生んだって思ったよ。嬉しくてさ、一生懸命働いた。働いて働いて働いた。かみさんと息子の顔を見るのが何よりも幸せだった。でもさ神様は残酷なんだよ」

篠原さんのグラスが空になっている。私は焼酎のパックを持ち上げる。中身が入っていなかった。コンビニで買ってきましょうかと言うと「いいよ」と短く答えた。

「飲んでも飲んでも酔えないんだよな」と呟いた。

次の日、昼頃目が覚めた。雑魚寝していたようだ。雑然とした部屋だが1か所だけ片付いている場所があった。仏壇だ。よく手入れされ線香の灰一つ落ちていない。ビール缶が1個供えてあった。

酒漬けの重い体を起こし、仏壇の前まで行って手を合わせた。位牌が四つ並んでいる。

「オヤジ、オフクロ、息子と女房だ」

後ろから声がした。蠟燭に火を点し線香に火をつけた。炎を消すとひとすじの煙がすーっと上がっていく。一緒に手を合わせた。

「息子は16の時死んだ。人生で何が哀しいって、子どもに先立たれることぐらい哀しく辛いことはない。そう思わないか？　息子がどうして死ななきゃならなかったのか、俺は未だに理解できない。人生で一番いい時に、一番輝いている時に死ぬなんてさ」

息子さんは自殺しようとした友人を助けようとして亡くなったのだという。友人の命は助かり息子さんは戻ってこなかった。この事実に、考えてはいけない悪魔の声とも戦ってきたという。

深い哀しみと苦しみが篠原さんの人生を占めてきた。刻まれた皺の数だけ苦悩し続けたに違いなかった。あたりまえの慰めの言葉などかけられなかった。

奥さんは息子が亡くなってから体を壊し入退院を繰り返して10年前に逝ったのだという。

一瞬妻のことが脳裏を過った。まだ家出2日目だった。

「嬉しい時、辛い時、かみさんと一緒によく飲んだなぁ」

息子も女房も救えず後悔だけが残る人生だと淡々と話す声に耳を傾けた。陳腐な慰めの言葉などで、篠原さんの哀しみを救うことなどできない。傷口を広げるだけだ。ただ話を聞いている。それしかできなかった。

「焼酎、買ってきます」

コンビニで女房と同じくらいの年の女が買い物をしていた。レジに並んでいた私は手に持った弁当と焼酎を棚に戻しコンビニを出た。

スーパーでみそ汁の材料と肴と焼酎をかごに入れる。料理は進んでする方ではなかったが、みそ汁作りだけは女房におだてられてよく作った。味噌の風味を損なわないよう旨いみそ汁を作る自信があった。

「あーー旨いなあ！」

幸せそうにみそ汁を飲む篠原さんを見ながら、家に帰ったら妻に本当のことを話そうと考えていた。

3日目の夕方家に戻った。たった3日家を空けただけなのに我家は敷居が高かった。

私のような真面目人間は所詮こんなものだ。

妻は留守だった。もう嘘はバレているに違いない。会社に連絡すればすぐにわかることだ。スマホはあれから一度も電源を入れぬまま鞄の底に眠っている。

「まったく、男なんてバカでしょうがない生き物なのね」

妻と友人たちの会話が目に浮かぶようだ。

家から旅行バッグがなくなっていた。妻は小旅行にでも出かけたのか？

家の電話が鳴った。妻の妹からだった。

「義兄さん、どこへ行ってたんですか！」

彼女は謝る間も与えぬまま、妻が入院したこと、救急車で運ばれ、私と連絡が取れなかったので緊急手術のサインは妹がしたことを一気に捲し立てた。

妻は脳梗塞だった。運が良かったことに倒れた時妹と電話中だった。手当てが早かったため障害も少なく済みそうだという。

「姉さんには義兄さんのプチ家出、言ってないから」

そして少し悪戯っぽい声で、

「内緒にしてあげる。高くつくわよ」と言った。

これからは妻だけでなく義妹にも頭が上がりそうもない。

病院の前の桜の木が蕾を膨らませていた。やがて開き桜色に染まるだろう。いっぱいに広がった桜色の空は、一つ、また一つと花びらを落とし続け、ゆらゆらと風に吹かれて舞い上がり、踊り、そしてはらはらと見上げる人々の足元に落ちていく。

リハビリ病院からの退院の日、花びらが欲しいと言う妻のために傷のないものを拾い妻の手のひらに乗せた。あまりにも近くにありすぎて気づかない幸せがあった。桜も毎年美しく咲き誇る。環境や心の持ちようで美しくも哀しくも見えるのかもしれない。

時は春から夏、秋から冬へと季節の流れとともに変化していく。その中に人は生活し生きていく。そしてさまざまなものを生み出していく。それが時の流れなのだ。その流れの中で生き、老いていけばいいのだ。死に向かっていると嘆く必要などないのだ。短命に違いないと思っていた私の人生。桜木の下に立ち、私の人生は運が良くて幸せなんだと感じていた。

隣にいる妻が笑っている。4月は花の季節だ。そしてまもなくやってくる5月は風の季節。

なんと人生は素晴らしい！

了

プラットホーム

芥川龍之介「羅生門」へのオマージュ作品

人を殺してしまった。

連日深夜の帰宅が続いていた。働き方改革なんて中小企業には関係ない。こんな労働状態だから未希《みき》も俺から去っていった。無理もない。いや、そうではない。彼女には新しい彼氏ができたのだ。それが原因なのだ。

あの日も最終電車での帰宅だった。夕飯も食べていなかった。アパートの冷蔵庫には何も入っていないことはわかっていた。コンビニで何か買って帰ろうかと思ったが疲れ過ぎて食欲もなかった。重い足を運び駅の階段を上りホームへと向かった。あの駅はエスカレーターさえない。

「助けて!」という若い女の声が聞こえた。ホームには数人のサラリーマンらしき男たちがいた。声の主を探してみる。酔っぱらい男が女に纏わりついていた。後ろ姿では男は俺と同じくらいの27、8歳に見えた。女は太ももの付け根で切られたショートパンツ姿だ。長くて形の良い足を出していた。上半身は胸が半分くらい見えるタンクトップで10代後半か20歳そこそこに見える。

あんな格好で夜の1人歩きとは自業自得だ。次は最終電車だ。ごたごたに巻き込まれて乗り損ねたくはない。

絡んでいる男より若い女に嫌悪感を抱いた。ホームにいる男たちも同じ思いなのか、女を助けようとする者は誰もいなかった。

「助けてください！」

女が俺を見て言った。目が合い、心で舌打ちをした。それを無視するほど悪人でも無神経でもなかったからだ。

女と酔っ払い男との間に入り、男の顔を見た。どこかで見たことがある気がした。酔ってなければ十分にイケメンの会社員だ。男が毒づいた。

「恰好つけてんじゃねえ！」

喧嘩を売るつもりはなかった。なり行き上こうなっただけだ。相手の女性が嫌がってるんだから止めようよ、と穏やかに説得した。

最終電車の音がした。

酔っ払い男は邪魔されたことで頭に来たのか、俺に向かって攻撃を開始した。威嚇しながら蹴り続けてくる。それほど酔っていないのではないかと思えるほど足の力は強かった。キックボクシングは好きだ。よく家でサンドバッグを蹴っている。ストレス発散にはもってこいなのだ。蹴られながら俺の方がもう少し強い蹴りを入れられるな、と頭を過った。

最終電車が近づいてくる。

蹴られながらじりじりと後退していった。このままいけば線路に突き落とされるかもしれない。次の蹴りは避けたい。こんな疲れた体でこれ以上痛い思いはしたくない。

次の瞬間、廻し蹴りをした俺の右足が男を直撃していた。

その後の記憶がない。

女を助けるためとはいえ、1人の男の命が消えた。俺の廻し蹴りで男は最終電車が来た線路に転落した。ホームドアが設置されてない駅だ。

とんでもないことになってしまった。人命を奪ってしまったのだ。できることならあの時に戻りたい。あの日あの時間に偶々あのプラットホームにいただけなのに、加害者となり裁かれようとしている。

「罪びとになってしまった」という絶望感に沈んでいた俺を救ってくれたのが、弁護士の言葉だった。

「絶対に正当防衛を勝ち取りましょう！」

起きた事実は全面的に認めた。起訴が決まり、裁判が終わるまで保釈が認められた。弁護士の説明ではこのケースは「正当防衛」か「過剰防衛」かで争うことになるという。

正当防衛なら無罪、過剰防衛ならこちらにも非があったということになる。

次第に気持ちが軽くなっていった。裁判が始まると色々な事実も具体的にわかってきた。あの時の女は町で男に声を掛けられた。つまりナンパされた。そしてバーで一緒に飲んだ。男にとって、さあこれからだという時に女はあっさり帰ろうとした。怒った男は駅のプラットホームまで付いてきて執拗に絡み続けたのだ。ホームにいた人たちも喧嘩のやり取りを聞いていたので干渉しなかったのだ。

　女がしつこい男を振り切りたいと思った時、俺がホームにやってきた。運が悪かったと言えばそれまでだが、女から見て俺は助けてくれそうな男に見えたのだろう。実際に助けに入った。そして結果は最悪になった。

　挑発的な服装をした女が悪いのか、執拗に迫った男が悪いのか、男を死なせてしまった俺が悪いのか、もう考えるのも嫌だった。人助けをしようとして人を死なせ、裁判にまでなった。会社から辞表の提出を勧められることはなかったが周囲の眼は冷ややかだった。

「恰好つけたかったんじゃないの?」という声が聞こえてきた。心身ともにぼろぼろになっていた。

　けっきょく俺は会社を辞めた。通勤するたびにあの駅を利用しなければならないからだ。もうたくさんだ。

「なぜ駅員に連絡しなかったのか」

　検事に聞かれた。検事さんもわかってない。疲れていたのだ。もう一度あの階段を下りる気力がなかった。まもなく最終電車が来るのだ。乗り過ごしたらタクシーで帰らなければならない。今月はピンチだ。余計な出費は避けたかった。それらのことが一瞬に頭をめぐり、嫌だなと思いながらも仲裁に入ったのだ。その上、夜遅くなると駅の執務室の窓はカーテンが引かれている。中に駅員はいるだろうが、すぐに出てきてくれたかどうか怪しいものだ。

「正当防衛」が成立するかどうか、俺にとって重大なことだ。もし認められなかったらと考えると絶望的になる。知人でもない女のために人を死なせてしまった。男が死んだという事実は変わらないし、生き返ることもないのだ。

死んだ男はまだ若かったこともあり両親が激怒していた。「過剰防衛」として是非罰してほしいと望んでいた。

裁判では「廻し蹴り」が相当だったかどうかが判断される。別の方法で酔っ払い男からの攻撃を避けることができたか、できなかったのか。緊急時の危機に対する「必要性」と「相当性」が判断の基準となるのだ。「反撃行為は権利を防衛するために必要かつ相当な程度でなくてはならない」という要件があるからだ。

弁護士は「正当防衛」を勝ち取る気満々だが、俺は不安になった。あの時、電車が来ていたことは知っていたからだ。だが弁護士は、あのまま蹴られ続けたらあなたの方が線路に落ちていたかもしれないと強調した。

女は身を守るために助けを求めたと主張し、検事は電車が近づいていると知りながら、廻し蹴りをする必要があったのかと尋問した。

次第に俺の心は絶望感から怒りへと変わっていった。憎しみの矛先を全てのものに向けるようになっていた。俺を犯罪者として扱う検事に、死んだ男に、見て見ぬふりをしたサラリーマンに、そして俺に助けを求めたあの女に。助けようとした人間が罪を問われるの

料金受取人払郵便

新宿局承認

7552

差出有効期間
2024年1月
31日まで
（切手不要）

郵便はがき

1 6 0-8 7 9 1

1 4 1

東京都新宿区新宿1－10－1

（株）文芸社

愛読者カード係 行

お名前《ふりがな》		明治 大正 昭和 平成	年生 歳
ご住所《ふりがな》	□□□-□□□□		性別 男・女
お電話番号	（書籍ご注文の際に必要です）	ご職業	
E-mail			
ご購読雑誌（複数可）		ご購読新聞	新聞

最近読んでおもしろかった本や今後、とりあげてほしいテーマをお教えください。

ご自分の研究成果や経験、お考え等を出版してみたいというお気持ちはありますか。

ある　　ない　　内容・テーマ（　　　　　　　）

現在完成した作品をお持ちですか。

ある　　ない　　ジャンル・原稿量（　　　　　　　）

書　名			
お買上 書　店	都道 府県　　　　　市区 郡	書店名	書店
		ご購入日	年　　月　　日

本書をどこでお知りになりましたか?

1.書店店頭　2.知人にすすめられて　3.インターネット(サイト名　　　　　　)

4.DMハガキ　5.広告、記事を見て(新聞、雑誌名　　　　　　)

上の質問に関連して、ご購入の決め手となったのは?

1.タイトル　2.著者　3.内容　4.カバーデザイン　5.帯

その他ご自由にお書きください。

(　　　　　　　　　　)

本書についてのご意見、ご感想をお聞かせください。

①内容について

②カバー、タイトル、帯について

弊社Webサイトからもご意見、ご感想をお寄せいただけます。

ご協力ありがとうございました。

※お寄せいただいたご意見、ご感想は新聞広告等で匿名にて使わせていただくことがあります。

※お客様の個人情報は、小社からの連絡のみに使用します。社外に提供することは一切ありません。

■書籍のご注文は、お近くの書店または、ブックサービス(0120-29-9625)、セブンネットショッピング(http://7net.omni7.jp/)にお申し込み下さい。

なら、もう人助けなどしたくない。正義とはなんなのだ。

助けた女との間に面識はなく、利害関係もない。俺が穏やかに仲裁に入ろうとしたこと、男が執拗に俺を蹴り続けたことなどが事実認定された。

俺は「正当防衛」を勝ち取った。似たような事件で「正当防衛」が認められた判例があることも大きかったようだ。判例は一つの法律として機能している。

「正当防衛」を勝ち取ったことで、俺の生活は一転した。友人や周囲の人たちの見る目も温かいものに変わっていった。だが俺は一つだけ弁護士に言っていないことがある。誰にも話していないことだ。

女は身を守るために見ず知らずの俺を巻き込んだ。死んだ男の側でさえ過剰に危害を加えられたと訴えた。だから俺も生きていくために身を守らなければならなかった。

あの時、女からの助けを求められ仲裁に入り、男の顔を見て誰かに似ていると思った。そして、男の執拗な蹴りを受けながら思い出したのだ。俺をふった未希の新しい男に似ていた。別れのきっかけとなった時、ちらりと見ただけの男だ。同一人物かどうかわからない。おそらく別人だろう。だがよく似ていた。そう思った瞬間、俺の廻し蹴りが男の頭を直撃していた。

もう忘れよう。誰も知らないことだ。俺は正義を果たそうとしただけなのだ。

了

樹洞《うろ》

太宰治の短編「桜桃」へのオマージュ作品

「子どもより親が大事」と言う常連客がいる。彼は会社が終わるとその足で「志那そば亭」へやって来る。いつも無言で叉焼を肴にビールを飲み、帰っていくのだ。

「志那そば亭」はラーメン屋だが、夜の営業は居酒屋に近い。カウンター席が6席と4人掛けのテーブル席が二つあるだけの小さなラーメン居酒屋だ。麺は細い縮れ麺、スープはさっぱりとした魚介系で澄んでいる。一口スープを飲んだ時は物足りなさを感じるが、食べ進めるうちにスープの旨味が口に広がる。食べきった時その濃さがちょうど良かったと思える、そんなラーメンを出す。自家製叉焼は店の名物だ。

オフィスビルに囲まれた店は、昼はラーメンだけ食べにくる客でフル回転だが、昼休みを挟み夕方の開店からは居酒屋状態となる。店が狭いこともあり1人か2人で来る客がほとんどだ。会社が終わりちょっと一杯飲んで家に帰る客が多く、ラーメンまで食べる客は少ない。

その男は気の弱そうな優しい感じの小男だった。いつもカウンターの一番奥の席に座ると瓶ビールと叉焼を注文した。それから無言で叉焼をつまみビールを飲む。

その日も男が一番乗りだった。いつものように奥のカウンターに座り注文し終わると、突然「子どもより親が大事ですよね？」と話しかけてきた。言葉の真意がつかめず、どう返していいのか戸惑った。「そうですね」とも「なんですかそれは」とも言えずに困っていたのだ。だから返事が遅れた。すると「子どもより親が大事、そう思いませんか？」と畳みかけてきた。

男の言う親とは男自身のことだとわかって返事を濁した。そう思わなかったからだ。それは違うと思った。親にとって子どもは大事に決まっている。その子どもより親である自分の方が大事だと自ら言う男に違和感を覚えたのだ。

その日、男は饒舌だった。近くの会社で経理の仕事をしていること。家には子どもが3人いて奥さんは4人目を妊娠していることなどを話した。

「僕が1人っ子だったから、子どもはたくさん欲しくて」

「わかります。私も2人兄弟の下でしたから、弟が欲しかったですよ」

今は働けない妻に代わって自分が頑張っているのだという。そこまで聞き少し印象が変わってきた。自分勝手な男だと思ったがどうやらそうでもなさそうだ。

常連客からのもらい物の桃があった。田舎から送ってきたが食べきれないのでと店に持ってきてくれたのだ。冷蔵庫で程よく冷えている。男がビールを飲み終わる頃を見計らって、素早く桃の皮をむき男に差し出した。

「お客さんからのいただき物です」

男は小鉢に入った桃をじっと見たまま、食べようとしない。

「お嫌いですか？」

「いえ大好きです。ありがとうございます」

桃をひと切れ口に入れると目をつぶり、果肉のジュースを搾るように口の中で数回嚙み潰した。本当に好きなのだとわかるほど旨そうに食べた。桃をすべて食べきると、小鉢の底に残っている桃の汁を喉を鳴らして飲み干した。

それから子どもの話を始めた。

「思い出したんです。いつか私が桃を買って帰った時のことです。3歳だった長男坊は、その時生まれて初めて桃を食べたんです。その時の驚いた表情、旨そうな表情を思い出したんです。今は桃の季節ですか？　忘れていました。こんなに喜ぶのならまた買ってきてやろうって思ったのに、もう何年も忘れていました。妻は3人も子どもを抱えて、今お腹の中にもう1人いるから早く帰って手伝ってやらなければならないのに、どうしても途中で仕事の頭をリセットする場所と時間が欲しくてここに寄ってしまうんです。僕は自分勝手な父親です。『子どもより親が大事』って言い聞かせないと自分の中の疚しさに圧し潰されそうになるのです。だから呟くんです。『子どもより親が大事』って。でもやっぱり勝手な父親ですよね？」

私は少しの間、答えを探した。

「男には洞が必要だっていいます」

「うろ?」

「ほら、大木に大きな穴のあるのがあるでしょう。小さい穴の場合は鳥や小動物が棲みついたりするんですが、たまに人間の子どもが入るぐらいの大きな穴のある木があるんですよ」

　私の話に男は聞き入った。

「田舎に大きなクヌギの木があって、それにちょうどすっぽり入れる穴があったんです。かくれんぼなんかはすぐに見つかってしまうのですが、私はその穴に入るのが好きでした」

「秘密基地のような?」

　秘密基地と言えるほど広くはない穴だと前置きして、誰にも邪魔されずに自分自身がリセットされて無になれるような、母親の胎内に戻るような、そんな感覚になったと打ち明けた。

「奥さんは大変だと思います。でもお父さんが潰れてしまったら、一番困るのは家族ですから、リセットの時間は必要ではないでしょうか」

　男は理解してもらったことで嬉しそうに笑顔をつくった。

　少し長居をしてしまったと思ったのか、男は時間を確認し支払いを済ませた。私は急いで冷蔵庫の中の桃を包んだ。

「持って行ってください」

そんなつもりで言ったのではありませんからと男は辞退した。

「お子さんにです」

引かない言葉に、桃を受け取ると深々と頭を下げお礼を言った。今時珍しく生真面目な人なのだと感じた。

どういうわけか、それから暫く男は姿を見せなかった。早く家に帰っているのだと特に心配はしていなかったのだが、常連客の山田《やまだ》さんが気になることを話し始めた。

山田さんは「いつもカウンターの一番奥の席に座る男」の話として話し始めた。会社が同じビルの階にあるのだという。その会社に最近刑事らしき男が出入りし騒がしい。

どうやら会社の金を使い込んだ者がいるようだという。

胸がざわついた。あの男の仕事のストレスは相当なものだと想像できる。もし悪事を働いていたのなら自分は滑稽なピエロだ。

しかしすぐに反省した。あの男がそんなことをするとは思えなかった。桃を差し出した時の恐縮して嬉しそうな表情からは計算高さなど微塵も感じられなかった。まだわからないのだ。決めつけるのは止めよう。

「犯人捕まったらしい」

暫くして山田さんが言った。

「で、誰だったんですか？」

逸る気持ちを顔に出すまいと、できるだけ冷静な声を出した。

あの男ではなく同僚の女性社員だったと知る。

「絶対、カウンターの奥に座るあの男だと思ったんだけどな」

山田さんは少し残念そうに言った。気が弱そうで優しそうな男は、別の見方をすれば陰気で何を考えているかわからない男だと思われていた。

仕事のストレスを家に持ち込みたくなくて、この店で叉焼を肴にビールを飲み気持ちを切り替えて家に帰っていく。自分が潰れてしまっては大変だと「子どもより親が大事」と呟いて、ささやかな息抜きをしていただけなのだ。何も話さなくてもこの店で一杯飲んでリセットできるのであれば、これほど嬉しいことはない。

人の噂も七十五日というが、一週間もしないうちに誰もその話をする者はいなくなった。夕方からの店開きをしてすぐの時だった。あの男が店にやってきた。少し明るい顔をしている。

「お久しぶりです」

「良いことがあったのに、ここに寄りたくなりました」

今日はストレスの切り替えで来たのではなく、嬉しいことがあったのだと顔を崩している。

「それは、良かったですね」

思わず笑顔で返した。男はいつものようにビールと叉焼を注文した。

「僕、小鳥遊優也《たかなしゆうや》といいます」

「土岐田《ときた》シンです。ラーメン屋のオヤジです」

なぜか2人は、声を立てて笑った。

了

居酒屋タクシー

古典落語「粗忽長屋」の二次創作作品

「明日はお願いね」

　結婚当時から共働きを続けてきた空木《そらき》は、ひとり娘のために妻と連絡を取り合いどちらかが早く帰るよう調整してきた。中でも特に大事なルールは「娘の誕生日は家族3人で祝う」というものだ。この日だけは娘が生まれた時からどんな理由があろうと、時間のやりくりをして約束は実行されてきた。

　しかしこの鉄の決まりも、娘の心境の変化でいとも簡単に終わることになった。中学生になった娘は家族と過ごすより友達といる方が楽しそうだ。その上明日は妻に外せない急な仕事が入った。

　役員待遇となった妻はより忙しくなり、今では空木より収入が多い。娘は学費の高い私学の中高一貫校へ通っている。空木の収入だけではとても通わせてやることはできないのだ。

　妻の急な仕事に真っ先に理解を示したのは娘だ。すかさず小遣いの値上げ交渉もしてきた。

「誕生会はいらない。その代わりに…」

結局それを受け入れた。あれほど大変な思いをして約束を果たしてきたのに、家族の大事な鉄のルールが14回目であっさりと反故になったのだ。しかし誕生日当日に両親が2人共遅く帰るわけにはいかないと、明日は空木が早く帰ることにした。親の自己満足でしかないことはわかっていた。わかっているが思春期真っただ中の娘に親ができることはそんなことしかなかった。ささやかなブレーキなのだ。

空木は明日早く帰るために今日は遅くまで仕事をすることにした。疲れが溜まっている。その上2日続けての残業だ。頭も重く肩も硬い。

ふと気づくと、終電が行ってしまったあとだった。「しまった!」

妻から家族ラインが入っていた。

「先に寝てます。明日早いので起こさないでね」

社外へ出ると玄関前に一台のタクシーがスーッと滑り込んできた。他に待っている人はいなかった。終電後は駅前のタクシー乗り場はいつも混んでいる。並ばないと乗れないのだ。ちらほら雨も降りだしてきた。会社の前でタクシーを捕まえられるとは一日の最後に運が回ってきたようだ。

前の座席のパワーウインドウが下がり、運転手が身を乗り出した。

「お客さん、どちらまで?」

元気な声が返ってくる。郊外にある自宅の住所を言って素早く乗り込んだ。

タクシーは屋根の上の行燈を格納すると赤い提灯を出して走り始めた。

「居酒屋タクシーにようこそ！」

「え、居酒屋タクシー？」

「私は飲みませんから、ご安心ください！」

後部座席には小さなテーブルが設えてあり、クーラーボックスにはビールが入っている。

「サービスです」という言葉にビール缶に思わず手を伸ばす。キンキンに冷えていた。

プルトップを開け、喉に流し込む。

「クーーーッ」

根を詰めて仕事をしたあとなので五臓六腑にしみわたる。もう何年も退社後に飲んでから家に帰ったことがない。一杯飲んで疲れを落としてから帰りたいと思うこともあるが、娘の待つ家へ一刻でも早く帰ってやろうという想いの方が強かった。特に最近は役職に就いた妻の帰りは遅くなりがちで、早く帰るのは空木の役目となることが多いのだ。

首をコキコキと鳴らす。コチコチになった肩は少しぐらいのことでは治りそうもない。

「おつまみもありますよ」

運転手が明るい声を掛けてくる。

「そういえば、夕飯も食べていなかった」

後ろの座席にはおつまみが色々置いてある。どれでもお好きなだけどうぞという言葉に甘えて物色する。「よっちゃんイカ」を見つける。昔は好きでよく食べた。袋を破ると懐かしいイカの匂いがする。味が一気に蘇った。結婚以来妻の意向で、家飲みでの酒のつまみはサラダなどの健康的なものと決まっていた。ただそれだけでコチコチに硬まっていたものが融けていくような気がした。

「ご満足いただいてます?」

「まんぞく、まんぞく。これで綺麗どころがいたら言うことなし!」

空木は冗談を言った。しかし運転手はにこやかに「了解です!」と答えた。

ある店の前でタクシーが停車すると女が乗り込んできて空木に優しく微笑んだ。だがだみ声だ。どうやら本物の女性ではないようだ。

ビールの3本目を空けた頃家に到着した。料金はタクシー料金だけだった。「え、いいの?」「ほんとにいいの?」と空木は繰り返した。後ろ髪を引かれる思いでタクシーを降りた。

運転手は「ありがとうございましたーっ!」と満面の笑みで言うと、屋根の上の赤提灯を格納しながら走り去って行った。

家は消灯し真っ暗だったが、玄関の外灯だけは赤々と照らされている。空木はご機嫌だった。ポケットに手を入れ鍵をさぐる。だが鍵がない。昔から鍵をよく失くした。だからいつも鍵は上着の右ポケットの中と決めている。蓋つきのポケットなので、脱いだり着たりした時も鍵が落ちることはない。

　鞄の中もくまなく探すが、なかった。

　空木は庭に回った。妻も娘も2階で寝ている。妻からの「明日早いので起こさないでね」というラインの文字が頭をかすめる。だがこのまま夜明かしするわけにもいかない。明日も仕事だ。後で平謝りするにしてもここはなんとか家に入れてもらうしかないのだ。

　居間の窓ガラスをノックする。

「タンタンタン、タンタンタン、タンタンタンタン、タン、タ、タ、タン」

　ガラスの硬質な音の響きは小さな音でも意外によく響く。新婚時代から鍵をなくすとこうして知らせた。

「おーい俺だ。開けてくれよ！」

　家の中から何も反応はない。庭に接している隣家の住人も起きてくる気配はなかった。隣家は人の好い老夫婦だ。娘も可愛がってもらい、家族ぐるみで仲良くさせてもらっている。両親が共働きのため娘のためにも大切な隣人だ。できることなら迷惑をかけたくなかった。

　今日はどうやら隣人を巻き込むことはなさそうだ。静まり返っている。

　妻の怒る顔が目に浮かんだ。どれほど怒られても庭で夜明かしするわけにはいかない。

　空木はもう一度、窓ガラスを叩いた。

「タンタンタン、タンタンタンタンタン、タンタンタンタンタン、タン、タ、タ、タン」

家の中は何の反応もなかった。

その時ふと、浴室の窓の鍵をかけ忘れることがあることを思いだす。忘れるのはいつも妻だ。カビが発生することを嫌い窓を開けるのだが、閉め忘れる。不用心だと怒るのはいつも空木だったが、この日ばかりは忘れてくれていることを祈った。ちょっと高い位置にある窓に手をかけるために、庭にある大きな石を持ってきて窓の下に置いた。背の高い空木でもギリギリ手が届く位置だ。おそるおそる手を伸ばし浴室の窓に手をかけた。

するすると窓が開いた。だがここからが問題だった。身体を窓枠まで持ち上げなくてはならない。昔から懸垂は得意だったが今日は酔っている。だがべろべろというほどではない。やってできないことはないと考えた。

何回目かの挑戦で、肘が窓枠にとどき一気に身体を枠に乗せることができた。そのまま頭を下げ、ずるずると重さで下へ落ちていった。

下は浴槽だ。ドスン、バシャンと大騒音を立てながら空木は服ごと浴槽の中に落ちた。これほど騒音を立てても妻は起きてこなかった。気づかない筈はない。相当怒っているのだろう。もしかしたらタクシーに乗っていた女の姿を見たのかもしれない。だがあれは絶対女性ではない。

濡れた服を着替えて居間のソファーに横になった。２階の寝室へ行く勇気がなかったのだ。

翌朝顔に陽があたって目が覚めた。仕事には急げば間に合う時間だ。急いで２階へ上がる。妻はもう出かけたようだ。娘も学校へ行った後だった。急いで着替えて家を飛び出した。

昨夜、終電を逃してまで残業したため、今日はなんとか早めに帰れそうだ。帰り支度をしていると娘からラインが入る。

「ごめん、夏樹《なつき》んちにいる。残業してきていいよ」

急いで帰る必要がなくなり急に力が抜けてきた。仕事をする気にならない。昨日のタクシーの記憶がよみがえる。明日は休みだ。少し飲んでから帰るとするか。

会社のビルを出る。と、玄関前に昨日のタクシーがすっと走り込んできた。すでに屋根の行燈は赤提灯に替わっている。

「え、今日も？」

周りに人はいない。タクシーの後ろのドアがさっと開くと空木は躊躇することなく乗り込んだ。

今日は早く帰る必要がない。空木は遠回りを告げた。運転手は相変わらず明るい声で応える。

クーラーボックスにはビールのほかに焼酎やワインなども入っていた。おつまみは昨日よりグレードアップした物が置いてある。空木は赤ワインとブルーチーズを手に取った。

空木はほどなく酩酊し始めた。今日も昨日につづき上機嫌だ。

「如何ですか、居酒屋タクシーは?」

「最高っ! これで綺麗どころがいればなぁー」

「ご用意できますよ」

言い終わらないうちにタクシーは進路を変え猛スピードで走っていく。

昨日の店の前で停まると、待ってましたとばかりに店の中から女が2人出てきて乗り込んだ。飛び切りの美女だった。今日は本物の女性のようだ。

時間はあっという間に過ぎた。家の前にタクシーが横付けされる。降りたくなかったがそうもいかない。タクシーの料金表示は走っただけの金額が表示されている。空木は料金を払うと名残惜しそうに言った。

「このタクシーに乗りたい時、どうしたらいいの?」

「申し訳ありません。予約は承っておりません」

タクシーは屋根の上の赤提灯を行燈に替え走り去っていった。

家に着いた時には12時を回っていた。まだ妻も娘も帰っていない。いくらなんでも遅過ぎる。何の連絡もなくこんな時間まで帰ってないとは。

スマホを取り出す。だが全ての通信機能が止まっていた。

今日は鍵を持っている。背広の右ポケットから鍵を取り出し玄関を開け家に入った。

いつも一番早く帰るのは娘だ。空木が早く帰れる時は、娘の習い事などへ寄り一緒に帰ってくる。だから空木が1人で真っ暗な家に帰ることはほとんどなかった。

「娘はいつも、こんな感じの家に帰っていたのか？」

家の中は暗く、夏だというのにクーラーでもつけていたかのように冷え冷えとしている。スマホを取り出し通信機能を確かめるが、やはり繋がらない。壊れたのか？　この家にイエ電はない。通信手段はそれぞれが持っているスマホだけだ。

その時、ガラスをノックする硬質な音が聞こえてきた。

「タンタンタン、タンタンタン、タンタンタンタン、タン、タ、タ、タン」

空木の合図の音だ。急いで窓を開けてみるが誰もいなかった。そしてまた同じ音が聞こえきた。

「タンタンタン、タンタンタン、タンタンタンタン…」

「おーい俺だ。開けてくれよ！」

あれは、あれは俺の声だ！　昨日の俺だ、間違いない！

「だが待てよ、となると、今ここにいるのは誰だ？」

次の瞬間、浴室の方からドスン、バシャン！　という大きな音が聞こえてきた。

了

だからボクは、今がいちばんしあわせ
昔ばなし「浦島太郎」の二次創作品

「さいきん、ふと死んでしまいたくなるんだ」

空が笑っちゃうほど綺麗だった。ボクは砂浜に寝転んで呟いていた。

「誰かいないのか、おまえに生きてて欲しいって思ってるヤツ」

隣にいる亀が言った。ダメなヤツだと言いたげだ。いつも上から目線でボクに説教をする。

ボクはこいつの背中に乗り竜宮城へ行ってきた。竜宮は楽しかったし乙姫は滅茶苦茶可愛かった。でも3か月が限界だった。何もしないで食いたい時に食いたいものを食い、寝たい時に寝たいだけ眠る。何をしても怒られない。何でもオッケーという自由は飽きるものだとわかった。

ボクは故郷が心配だと言って、また亀の背中に乗って元の浜に戻ってきた。だがボクの家はなく、親も弟もいなくなっていた。道行く人は皆知らない人ばかりだ。家のあった所は更地になっている。形跡さえ残っていない。

今も村の人々は生活しているが、ボクを覚えていてくれる人は1人もいない。ボクの両親や弟のことも誰も知らないのだ。家も全く違う異次元の世界のような家が建ち、近づいただけで警報が鳴る。ボクが道行く人を見つけて話をしようとしても、皆「気の毒に」という顔をして「ここは浦島が浜だからね」と逃げていく。

ボクが竜宮城にいた間は3か月だと思ったら、そうではなかったようだ。大事にしていたもの全てがなくなった。家族や友達、漫画にゲームも。親父は勉強にはちょっと煩かったけど、会えなくなると寂しい。母さんの作ってくれたチャーハンは絶品だった。弟は泣き虫で、あの日も泣いて学校から帰ってきた。虐められていると知り、ボクはそいつを捕まえてぼこぼこにしてやろうと飛び出して行った。

そいつは浜で亀を虐めていた。

ボクは亀を助けた。ひっくり返って手足をばたばた動かしている亀を元通り戻してやっている間に、そいつは逃げていた。逃げ足の速い奴だ。あっという間にいなくなった。

ボクが悔しがっていると、亀は背中に乗ってみないかと誘ってきた。亀の背中に乗り海の中を泳ぐのって最高だった。ちょっとその辺を泳いでくる、そんな軽い気持ちだった。それなのにこんなにも時間が経ってしまい今は２３２０年だという。ボクは３１７歳になっていた。

いっそ玉手箱を開けて爺さんになってしまおうかと思うが、やっぱり爺さんは嫌だ。

ボクの心はまだ17歳のままなのに、髭ぼうぼうの白髪頭の爺さんの姿なんて絶望的だ。

そんなの女の子に相手にされない。それに竜宮でのことだけでなく、ボクの17年もすべて忘れるなんて耐えられない。

でもボクの17年間はもう存在しないのだ。両親や弟や友達には二度と会うことはできない。家も学校も形跡さえない。

それなのに、思い出だけが残っている。それが凄く辛い。だからいくら考えても答えは出ない。

「こんな世の中でボクが生きる意味があるのかな?」

「知らねーよ。竜宮城でいい想いしてきたんだから、そのぐらい我慢しろよ」

「一人ぼっちは寂しいんだ。乙姫からもらった玉手箱開けようかな?」

「開けたら爺さんになる。覚悟はあるか?」

煙もくもく出て爺さんになる玉手箱って、おかしいだろうとボクが言うと、昔から土産は玉手箱って決まってんだ、と亀がめんどくさそうに言った。

ボクにはいくら考えてもわからない。ボクを爺さんにする乙姫の目的って何なのだ?


思い出を抱えて生きていくってことは良いことのように思えるが、すべてを失くしてしまったら、思い出が幸せであればあるほど辛い。絶望的な気持ちになり何もかももういいやって気持ちになる。だから死んでしまいたくなる。

人は思い出だけでは生きていかれないんだ。いや違う。思い出があるから辛いんだ。覚えているからこんなにも辛い。

亀は竜宮でいい想いをしてきたのだからと言うが、そんなもの過ぎてしまえば、ちょっと良い夢を見たぐらいのものだ。戻ってくれれば、これから生きていくための力にもならない。かえって邪魔になるくらいだ。努力をして、苦しくても向き合い乗り越えていく気力なんて湧かない。それどころか根こそぎ削ぎ落とす。しかたないだろ、3か月と思っていたら本当は300年も自堕落な生活をしていたのだから。

ボクは最近、竜宮へ行かなければよかったと思う。それなら家族や友達と別れることもなかった。

ボクがそれを言うと、亀は即座に反論する。

「お前の冒険心は正しかった」

冒険心なんかじゃない。ちょっとした好奇心だと返すと「いいや！」と強調した。

「竜宮城はどんなところだろう、きっと凄い世界に違いない、お前はその好奇心を信じたんだ。『見てみたい』と思った。違うか？」

「まあ、あの時は…」

「それでいいんだよ。若者はそれを失くしたらオシマイだね」

「でも、竜宮へ行ったから全て失くしてオシマイになったんだろう！」

ボクが亀とこの話をするといつも堂々巡りになる。そしていつも言い負かされる。

「おまえな、人生は一度きりなんだ。後悔なんかするな！」

「もう一度、あの日に戻してよ」

「あの日って、どの日だ？」

「亀を助けた日」

「やだよ、俺はひっくり返ったままで干からびちゃうだろ」

「じゃあ、助けてやるから竜宮城へ誘わないで」

亀は急にまじめな顔になった。

「それはできない。それに竜宮へ連れて行くのは俺のノルマだし」

亀は言った後「あっ」と言い、誤魔化すかのように海に泳ぎに行ってしまった。もしかしたらボクはハメられたのかも知れない。亀はよく虐められる。それを助けた者は竜宮へ連れて行かなければならないというような規則があって、あの亀にもノルマがあるのかもしれない。

亀を問い詰めてやりたいが、今のボクの友達はあの亀だけだ。ボクは亀とこの浜で話す時だけが唯一の生きている証になっている。ボクはこの村で生きた17年間を覚えているが、そのすべてがなくなっている。ボクには思い出はあっても実体がないのだ。

竜宮にいる時はあれほどイケイケで陽気に過ごしていたのに、今はそれがまるで悪の根源であるかのように思える。そして考えはいつもここにたどり着く。

ボクは生きている意味があるのだろうか？

ボクは答えが欲しくて時々村の図書館へ行って知識を得てくる。

今から１８４２年前の４７８年、日本書紀に浦島太郎という男が竜宮に行ったという記載がある。戻ってきた浦島太郎は知る人もいない状態に耐えられず玉手箱を開けた。

浦島太郎は白髪頭で300歳の爺さんになり、その後穏やかに暮らしたという。

浦島太郎でさえ寂しさには耐えられなかったのだ。寂しいって辛い。一人ぼっちってこんなに辛いのだ。

「俺がいるだろ」

いつの間にか戻ってきた亀が言った。ボクのたった1人の友達だが「亀だからなぁ」と言うと、激怒した。

人生は引き返せない。ボクは300年先に行かれても過去に戻ることはできないようだ。

「忘れるってことは、人間にとっての救いなんだよ」

亀の口癖だ。ボクが玉手箱を開けたらすべて忘れる。爺さんであるボクという存在が残るだけだ。

いくら考えても結論は出ない。

それでもボクは考えた。毎日毎日考えた。

「過ぎてからかえらぬ不幸を悔やむのは、さらに不幸を招く近道だ」とシェークスピアは書いている。

亀が言ったように「知りたい」と思うことは自然な精神の証拠なのかもしれない。

最近ボクは竜宮へ行ったことを「後悔してはいけないのだ」と思えるようになった。後悔することを止めれば想い出に苦しみ続けることはなくなるからだ。

生きていくってことは、忘れるってことなのだ。

やっと、そう思えるようになった。

だから、ボクは玉手箱を開けた。


どのくらい寝ていたのか、私は砂浜で春の陽を浴びながら眠っていたようだ。

空が抜けるように青く雲一つない。気持ちの良い空に思わず笑みがこぼれる。

「いい空だ」

人生は悪くない。これほどに美しい空があるのだから。

隣に亀がいた。私は「子どもたちに虐められるなよ」と声を掛けた。亀は私の方をちらりと見てから海に向かってゆっくりと歩いて行った。

歩きながら「任務完了」と言った。

空はどこまでも青く、私を包み込んでいる。

美しい春であれ。

了

無敵の蠅《はえ》取りばあさん

日本昔話「貧乏神と福の神」の二次創作作品

　私の住む町内に朽ち果てそうな家がある。住んでいるのは78歳の藤波久江《ふじなみひさえ》さんというお婆さんだ。町内の人はこの家をゴミ屋敷と呼んでいる。ゴミは玄関先まであふれ、積みあがったゴミ袋で出入りができない状態だ。

　それらの苦情を受けるのが町内会長である私の父だ。父は民生委員もしているため何かと頼みごとが舞い込む。

　久江お婆さんのことは父にとっても頭のイタイことだった。ゴミを片付けるという話し合いの交渉には全く応じようとしない。取り付く島がないというのが実情だ。役所の人が来ても同じだった。

「家の中をどうしようと勝手だ」というのがお婆さんの言い分だ。確かにゴミは門から外へはみ出すことはなく、不思議なことに臭いも気にならない。

　久江お婆さんの家は今でこそ古くて崩れそうだが、昔は立派な建材を使い、腕の良い大工さんが仕上げた良い建築だったようだ。もともとはこの辺一帯の地主で、事情で手放した土地に次々と家が建ち住宅地となった。

そのため久江お婆さんは町内では最も古い住人だ。家があれほど酷いことになったのは10年ほど前からで、それまでは古いけれど立派な日本建築だったという。

息子が1人いるが大阪に住んでいて、この家には寄り付かない。

父は時々、進展しないトラブルに辟易して「いい加減で誰かに代わってもらいたいよ」とぼやくことがあるが「他にいないので、お願いします」と頼まれ、役所の人にも「横田《よこた》さんが辞めたらこの町内は誰が守るんですか」などと言われ、結局また引き受けることになる。人が好いというより、煽てに弱いのだ。

町内の人々の言い分は、近隣の地価にも影響を与えるというもので「十分迷惑をしている」と主張する。特に夏になると蚊や蠅、その他小動物の心配までして、やいのやいのと父に訴えに来る。息子の許可を取り、強制的に取り壊せという人までいる。

役所の人が言うには久江お婆さんは蠅取りの名人らしい。いつも蠅叩きを手に持ち、見つけると瞬時に仕留め、蠅を取らしたら右に出る者はいないと豪語し「うちには蠅は一匹もいない」と自慢しているという。

私は蠅叩きというものを見たことがない。40センチほどの棒の先に10センチくらいの長方形の網がついているものだと父が教えてくれた。

ある日、郵便配達の人が父を訪ねてきた。この辺一帯の配達を担当している人で我が家にも配達に来てくれる。優しそうで人のよさそうな25～6歳のお兄さんだ。父に頼みごとがあると言った。

「あの家に郵便物？」

久江お婆さんの家に届いたのは書留だった。受領印をもらわないとならないのだ。郵便配達のお兄さんは、以前あの前を通っただけで怒鳴られた経験があり、怖くて1人で行けないのだと言った。父は「しょうがないな〜」と言いながら、もう靴を履いていた。父はこの手の頼みごとに弱い。「あなたが必要だ」は殺し文句なのだ。

私は蠅叩きを見てみたかったので一緒について行った。

久江お婆さんの家は何度見ても凄い。大人が騒ぐのも無理はないと思った。門柱に「ここで小便をするな！」とマジックで書かれた段ボール紙が貼ってあった。癖があり迫力ある字だ。

お兄さんは「ここに印鑑を貰って下さい」と父に書留郵便を渡した。

「なに職場放棄してるの？」

父は不満そうに言うが満更でもないようだ。お兄さんもそれをよく分かっているのだ。

「ついでに、ゴミの件も頼んじゃってくださいよ」

強気の発言をする。私は門の前で待つことにした。

2人は門の中に入っていった。途中置いてあるゴミ袋を避けながら玄関先まで行き「ごめん下さい」と叫んだ。

父は「ごめん下さい！」を5回言った。返事がない。それから2人はゴミ袋を避けながら庭に廻った。そして又5回「ごめん下さい！」と叫んだ。どうやらこれは決まり事のようだ。

久江お婆さんは時々外出する。郵便局かスーパーかどちらかだ。

「今日は年金の支給日ではないし、スーパーかな？」

2人は留守だと判断したようで門の外まで戻ってきた。

書留郵便は大阪に住む息子からだった。

「でも、変なんですよね。これ、投函は隣町からです」

「息子もたまには訪ねて来てるのかも知れないな。来たけど会えなくて、途中で投函したんじゃないか？」

父はあくまで善意の解釈をする。

私は書留郵便に書かれている文字の迫力に見覚えがあった。

「ねえこれ見て」

門柱に貼ってある「ここで小便をするな！」の文字と郵便の文字は同じ人の字に見えた。

お兄さんは特に驚いたようすもない。

「久江婆さんが自分で自分あてに出した手紙ってことですかね？」

「何でそんなことするんだ？」

父は理解できないようだが私には確信があった。

子どもの頃読んだ「ゆうびんうさぎとおおかみがぶり」という絵本があった。乱暴者のがぶりは嫌われ者だった。だからがぶりは自分で書いた手紙を自分あてに出すのだ。

「お婆さんも寂しかったんじゃない？」

私の言葉に2人は同時に否定した。

「いやいやいや、あの婆さんならそれはない！」

「そこで何してる！」

門前で話し込んでいる私たちの後ろから怒鳴り声がした。お兄さんがピクリと飛び上がった。

久江お婆さんが立っていた。手には買い物袋を提げている。

「あああの、か書留です」

お兄さんの動揺ぶりを見て、これでは捺印して貰うなんて無理に違いないと思った。

おどおどしているお兄さんに代わって父が説明した。

お婆さんは無言で書留郵便をちらりと確認すると「待ってろ」と言って家の中に入っていった。お婆さんは玄関からは入らない。庭に廻り廊下のガラス戸から家に入った。

暫くすると印鑑を手にして戻ってきた。

郵便配達のお兄さんは父にお礼を言い仕事に戻っていった。私と父は無言で家に戻った。

私は見ていただけなのに疲れがどっと出た。その上お婆さんの蠅叩きを見損なったことに気づいた。


夏のある日、町内で事件が持ち上がった。蠅が大量発生したのだ。町内の人は誰もが発生源はあのゴミ屋敷だと思った。

住民に頼まれた父がお婆さんの家に行くと、確かにゴミ屋敷周辺に蠅が発生していた。だがお婆さんは「家ではない！」と頑固に否定した。

父が庭に入らせてもらい調べると、生ごみが見つかりそこから発生していることが分かった。ゴミはすぐに撤去したが、発生した蠅は周辺の住居へと散り始めていた。

ところがお婆さんが激怒した。所狭しと積み上げられているゴミ袋の中身は食品の袋や、発砲スティロールの皿や容器だからだ。生ごみは庭に穴を掘りそこに入れている。

入れた後は土を被せるので、蠅や臭いの心配はないと主張した。確かにゴミ袋の中身を調べると、納豆の容器や卵のパック、菓子の袋やコンビニでの容器などだが、どれもきれいに洗ってある。

生ごみは誰かが嫌がらせで投げ込んだ可能性が強くなった。父はこの件でお婆さんとこれ以上対立をすることを避けるために、希望者には町会で消毒薬の噴霧を行うことにした。

しかし悪いことは重なる。消毒剤の噴霧でアレルギーや皮膚疾患が起こったという訴えが出てきたのだ。反対にお婆さんの家の蠅はあまり見られなくなった。見つけると蠅叩きでやっつけるからだ。

私はその瞬間を目撃している。蠅はどこかに留まった時に狙われる。留まったら最後なのだ。気配を消して、留まっている蠅の30センチぐらい上に蠅叩きを移動する。狙いを定めたらシュッと一瞬の一撃を与えるのだ。百発百中だった。

私は手を叩いて「凄い！」と声に出していた。お婆さんがこちらを見た。また怒鳴られると思った。

でも久江お婆さんは怒らなかった。しかもちょっと嬉しそうな顔をした。お婆さんはきっと、文句を言われることはあっても褒められることなどなかったからだと思った。

私たちは外から投げ込まれた生ごみをお婆さんのゴミだと決めつけた。それなのに父も町内の人たちもまだお婆さんに謝っていない。

私は代表して頭を下げた。お婆さんに「濡れ衣を着せてごめんなさい」と言った。

家に帰って「おおかみがぶり」の絵本を探した。

「お婆さんはがぶりだよ、きっと寂しんだよ」

父は「そうだな」と言った。迷惑ばかり掛けられていると被害者意識を振りかざし過ぎたかもしれない、と照れた。

父も頭を下げるとお婆さんは驚くほど大人しくなった。

次の日からお婆さんに町内の蠅退治をお願いしてみた。一匹ずつやっつけてもたかが知れているという人もいたが、消毒薬が使えない以上他に方法がなかった。

お婆さんはぶつぶつ言いながらも満更ではなさそうだ。父と似ていると思った。評価され煽てられると、垣根なんて簡単に飛び越える。

お婆さんは毎日町内を巡回しながら蠅退治をするようになった。蠅は着実に少なくなっている。最初は引き気味だった住民もお婆さんの見事な蠅叩きの技に感心するようになっていった。

私はお婆さんの大切なゴミを毎日1袋ずつもらって帰ることにした。週2回のゴミの日まで我が家で預かったゴミ袋を、ゴミステーションに置きに行くのは私の仕事になった。

この調子だと夏休み中には庭にあるゴミ袋はなくなりそうだ。

夏休みも間もなく終わる。お婆さんの家だけでなく町内の蝿もほとんど見られなくなっていた。お婆さんの家の中にはまだゴミが残っているが、意外なことに家の中のゴミはそんなに多くない。玄関前に高く積まれていたゴミは、外敵からお婆さん自身を守る城壁だったに違いない。

まだ答えが出ていないことが一つある。やっぱりあの手紙はおおかみがぶりなのだろうか。自分で自分にだしたのだろうか。

私は知りたかったが、お婆さんに訊くことはできなかった。

ところが少しずつ私と話をしてくれるようになったお婆さんから手紙の真相が判明した。あの書留郵便は本当に息子さんからだった。親子の字はそっくりだったのだ。

父の善意の解釈は正しかった。中に少しのお金が入っていたようだ。お婆さんは「子どもに金を貰うほどまだ落ちぶれちゃいない」と強がった。

息子さんには役所からゴミのことで連絡がいったが、そのことでもお婆さんは怒らなかった。それは息子さんからの手紙の内容にあったようだ。

「こちらに来て一緒に住まないか?」と書いてあったのだという。

「大阪へ行くの？」と私が訊くと、お婆さんは「ヤダね」と即答した。まっぴらだよ、私はここで死にたいんだと言った。

「おねえちゃん、悪いけど家の中のゴミもお願いできるかね？」

私は1人では無理だなと思った。でも煽てられ頼りにされると「役に立ちたい」と思ってくれる父がいる。お婆さんによく似た、父がいるのだ。だからきっと、もうすぐ家の中のゴミも綺麗になるに違いない。

了

僕が僕であるためのセルフイメージ
童話「みにくいアヒルの子」の二次創作品

「記念すべき第10回目！」とポップな文字が躍っている。幹事は三山《みやま》だ。張り切っているのがよくわかる。年々出席者が減っているのだろう。今回の同窓会は学年合同で行われるとある。

第一回から地元に残った三山が幹事を引き受けている。こういうことは地元組で世話好きなヤツじゃないと続かない。中学を卒業してから20年近くなるが、あいつはあの時のままのようだ。

ゴミ箱に捨ててあったハガキを沙耶《さや》が拾い上げて言った。

「行かないの？」

中学の同窓会は一度も参加したことないと答えた。行くという選択肢がなかったのだ。会いたい人もいない。金と時間を使ってわざわざ帰郷する気など1ミリもなかった。

「え、虐められてた？」

一度も参加したことがないと答えた僕に沙耶が驚いた顔で訊いた。

大学以外の同級生の繋がりはなかった。高校も進学校ということもあり、卒業時わざわざ「同窓会はしない」と全員一致で決めた。だからそんなものだろうと思っていた。昔を懐かしみ、いそいそと帰郷する人ばかりではない。少なくとも僕は違った。沙耶に虐められていたと思われたくなかった。だから「そんな筈ないだろ！」と返事をした。少し語彙が強かった気がする。沙耶は「そんなに怒ること？」という顔をした。

僕は中学時代の想い出がほとんどない。いつも周りとトラブルにならないようにしていたからだ。あいつは輪の中に入ってこない、マイペースで人との関わりを嫌うヤツだと思ってもらいたかった。ほっといてもらいたかったのだ。だから僕は中学入学と同時に帰宅部で塾通いのガリ勉野郎になった。

「必ず、この町から出てやる」

その思いだけで中学の3年間をやり過ごした。努力の甲斐あって高校は隣町の進学校へ合格した。さらに大学は東京の一流私立に進学し、誰もが知るIT企業に就職した。兄は両親の家業を継いだ。町の小さなクリーニング屋だ。昨年地元の同級生と結婚した。

沙耶に指摘されて改めて思い出したことがある。

小学6年の3学期だった。クラス全員に無視されたことがある。原因は三山だった。三山は人が良いが優柔不断で、約束を平気で破ることがあった。そのことで僕と三山は喧嘩になったのだ。今でも思い出せないぐらいの些細な約束だった。

僕は「僕は悪くない。約束を守らなかった三山が悪いのだ」と思った。だがクラスの反応は違った。喧嘩のあと、三山は普通に受け入れられ、僕は仲の良かった友人たちから無視された。今でも理由がよくわからない。子どものことだ。大した理由があったわけではないのだと思う。ただ彼らは、僕のどこかに攻撃の芽を見つけたのだ。彼らのするシカトや遊びに誘わないなどの行為は、彼らなりの落としどころだったのだと思う。

だが僕の中で、仲の良かった友人からの無視は、思った以上に応えた。ただ避けられる、呼びかけても答えないという行為がこれほど相手にダメージを与えるものなのだと思い知った事件だった。

同じ小学校の同窓生は、ほとんど同じ中学へ進学する。近隣の小学校から集まってくるので今までの3倍に膨れ上がりクラスも一気に6クラスになる。彼らとまた一緒になるのだと思うと絶望的な気持ちになった。

だから僕は僕なりに処世術を見つけた。彼らと関わらないように、目立たぬように、ひっそりと存在を消すのだ。それなら喧嘩などにならない。

「今日も一日無事に終わった」と思いながらの中学時代だった。

帰宅部であることや塾通いは、関わりを持たない良い言い訳となった。最初のうちは揶揄われることもあったが、そのうち飽きたようだ。相手にしなくなった。そして誰よりも僕がそうなるのを望んでいた。

これが僕のセルフイメージだ。存在を消し関わり合いをなくす。だから僕の中学時代はいてもいなくても良い人間で、名簿上だけの存在だったが惨めさなどなかった。この町を出るという目標があったからだ。

帰るつもりなどなかったが、実家から思いがけない電話が入った。父が入院するという知らせだった。昔から胃が弱かったが胃ガンだという。手術と1週間ほどの入院が必要となった。

「帰ってきなさいよ。ちょうど同窓会もあるようだし」

母の帰郷への誘いは問答無用だった。それほど父の具合は悪いのかと訊くと、それは心配ないようだ。初期の発見だった。手術で綺麗に取れるだろうと担当医が言ったという。

「でも、帰ってきなさいよ」

母に念を押された。

予定になかった帰郷をすることになり、月曜日に1日有休を貰った。土曜日の午後にこちらを発ち月曜日の手術を見届けてから帰ってくる2泊3日の予定だ。

帰郷と言っても2時間もあれば帰れる。新幹線通勤だってできる距離だ。それでも故郷に帰ろうとしなかったのは、そこに思い出がなかったからだ。

実家に行く前に、父の入院している病院へ向かった。

病室は6人部屋だった。ベッドの上で落ち着かない様子の父は、顔色も良くひどく痩せている様子もなかった。ここが病院でなければ、いつもの父の姿だ。「悪そうに見えないね」と僕が言うと、「そうだろ?」と笑った。母の言ったようにそれほど心配はいらないようだ。手術が終わったら帰ると知らせると、父が少しだけ顔を曇らせた。

実家へ行くと、母は忙しそうに店に立っていた。「お昼は用意してあるから」と接客しながら言う。店舗の裏にある自宅へ行くと、ダイニングで兄が食事をしていた。昼はいつも交代でする。兄嫁は結婚してからもそれまで働いていた地元企業に続けて勤務している。小さなクリーニング屋なら大人が3人もいれば何とかなるようだ。

いつも口数の少ない兄が「どうだ？　会社は」と昼食の焼きそばを食べながら聞く。僕は「順調だよ」と答える。それで会話が終わりそうになる。僕は慌てて「父さんが入院して、人手足りてるの？」と訊くと「まあ、なんとかな」と答えた。兄は優しい人だ、口数は少ないが言葉の端々に優しさがこぼれる。

僕は母が用意してくれた焼きそばを持て余していた。食欲がなかった。父の元気そうな様子を見て、そんなに心配はいらないとわかった。それなのに、どこかでストレスを感じているのだろうか。

兄は僕以上に無口だった。会話はそれ以上続かない。

母が戻ってくると、入れ替わりに兄が店に行った。

「同窓会は行くの？」

「え、そのために帰ってこいって言わなかった？」

「行きなさい、同窓会。一度も出席してないんでしょ？」

客商売をしていると、情報は思っている以上に集まるものらしい。

「別に行かなくてもいいんだけど」

「お父さんなら心配いらないよ。今はガンなんて2人に1人はなる病気だから。発見が早かったし。それに手術は月曜よ、同窓会は今夜だろ？」

母はどうしても行かせたいようだ。そこまで言われたら、それ以上行かないと言い続ける理由がなかった。

「でも、深酒しないで早めに引き上げてきなさいよ」

とどめの念押しをした。それから、

「そのワイシャツ脱ぎなさい。アイロン掛けてやるから」

僕は断った。皺なんてあっても構わない。

「何言ってるの、うちはクリーニング屋だよ。息子がそんな皺のあるワイシャツ着てたらみっともないだろ」

それ以上やり取りを続けるのが面倒になり、ワイシャツを脱いで母に渡した。

5分ほどで母は店から戻ってきた。アイロンが当てられたワイシャツは、襟がピンと張られ、身ごろも皺ひとつなく温かかった。袖を通すと、シュッと音がした。忘れていた感触が蘇る。この感覚があったから、僕は行きたくなかった学校へ通えたのだと思った。

行くと決めた同窓会だが、急に不安になった。20年近く中学時代の同級生と会っていない。結婚した人、子どもがいる人もいるはずだ。存在を消していた僕はみんなに受け入れてもらえるだろうか。いやそれ以上に僕だとわかってくれるだろうか？

会場は街の中心部にあるこの町一番の大きなホテルだ。一番と言っても5階建ての建物だ。

そこにこの町一番の広さの会場がある。

受付に座っている女子の名前が思い出せなかった。顔はなんとなく見覚えがあったが、名前が出てこない。女性は男以上に変わる。

僕が名乗ると受付の女性が「アー！」とか「ウッソー」とか言って騒ぎ始めた。僕は出席の通知を出していない。やはり来てはいけなかったのか。

心配はいらなかった。

20年の時間などなかったかのように、一瞬で時空を超えてあの時の続きが始まった。同窓会の通知を長い間無視してきた僕に、次々と寄ってきて歓迎してくれた。

20年の時が埋まっていく。

三山が僕を見つけて抱きついた。「よく来てくれたな」と言いながら涙ぐみそうな顔をしている。「僕を嫌っていないのか？」と思わず訊きそうになった。

「おまえはクラスの出世頭だ」と嬉しそうに笑った。

一度も出席していなくても誰も僕を拒否しなかった。何もなかったかのように受け入れてくれた。

「やっぱり、准也《じゅんや》はクリーニング屋の息子だな。アイロンばっちりだ」

三山が僕のワイシャツを褒めた。嬉しかった。今までクリーニング屋であることが良いと思ったことはなかった。でも今、皺のない美しくアイロンの当てられたワイシャツを着ていることが誇らしかった。

僕は今「クリーニング屋の准ちゃん」だった。

うちの店のワイシャツのクリーニング代は1枚350円だ。1枚150円位で引き受けるチェーン店もある中で、価格を落として手抜きの仕事をしたくないというのが父と兄の考えだった。

僕は内心「誰だって安い方がいい」と思っていた。だが安いクリーニング店の仕事は、アルバイトやパートがすることが多く、仕上がりは明らかに違った。だから一度離れても「皺が残っている」「薬剤を多めに使ってクリーニングするためか、冬のコートの毛足がすり減り生地の良さがなくなった」などの苦情を抱えて、うちの店に戻ってくる客も多かった。父はクリーニングを素人でもできる仕事だと思っていることに腹を立てていた。

うちの仕事は丁寧で仕上がりが綺麗だと評判だ。小さなクリーニング店だがそれなりに顧客が付いていていた。

でも夏は地獄だった。僕は絶対にこの店を継がないと思っていたし、兄にも宣言していた。兄は「俺がやるから、お前は好きな道へ進んでいいよ。俺は准也みたいに頭が良くないから」そう言って、大学卒業後クリーニング店を継いだ。

僕は遊んでいる同級生を馬鹿にして必死に勉強をした。だから合格できたし、一流企業にも就職できたと思った。僕の努力の成果だと確信していた。

中学時代のセルフイメージは、トラブルを避けひたすら勉強に頑張る姿だ。友人からはガリ勉の嫌なヤツだと思われていたに違いない。それでも良かった。

僕は卑屈でプライドばかり高い人間なのだ。

無視されたことが許せなくて……。

そうだ、僕が無視されたのは、あの時三山が僕の言いなりにならなかったことが原因だ。別の友人に「誰でも自分の言いなりになると思わない方がいい」そう諭すように言われた。それに僕は反発した。僕は常に最初に物事を決め、他者を引っ張ってきた。あの時の三山の拒否は僕に対する抵抗だったのだ。それに気付かなかったから……、僕から離れていった。

月曜日は兄嫁も職場に休暇願を出し、店は本日臨時休業の張り紙を出した。朝から、母、兄、兄嫁そして僕と大人が4人揃って病室に並んでいるのを見て、父が「大袈裟だなー」と笑った。

手術は1時間もかからず終わった。手術後、ストレッチャーに乗った父が「よっ！」と手を挙げた。担当医はビーカーに入れたクラゲのような物体を「これが、そうです」と僕たちに見せた。

僕は父の元気な姿を確かめて、その足で駅へ向かうことにした。

兄が車で駅まで送ってくれた。

「店を押し付けちゃったこと、悪いなって思っている」

良い機会だと思って兄に言うと、兄が、

「准也は我が家の希望の星だったんだよ。だから、頑張れ！」

笑顔で肩を叩いた。重荷になったりプレッシャーになるから、今まで家族は誰も口にしなかったと打ち明けた。

自分1人の力ではなかったのだと気づくまで20年もかかるなんて。

なんてヤツだ。

僕は僕に「ふん」と鼻で笑った。

兄が照れ臭そうに「父親になる」と打ち明け「准也は叔父さんになる」と付け加えた。

僕は「おめでとう」と声にならない声で言った。

兄の運転する軽トラが走り去るのを見ながら、今度は声に出して叫んでいた。

「おいチビ助、きみの両親やじいちゃんばあちゃんと同じくらい、叔父さんもおまえを愛し歓迎するから、安心して生まれてこいよ。待ってるぞ！」

了

みもろの恋

奈良県三輪山を詠った万葉集の中の「味酒を　三輪の祝が　いはふ杉　手触りし罪か　君に逢ひがたき」を元にした作品

神さまだって怒ることがあるのだろうか。

心を改めたら許してくれるのだろうか。

霞がかかった白金色の木漏れ日が樹々の緑をより深い色に照らしている。ここには山そのものが神だとされている神社がある。

奈良の三輪山は標高４６７ｍ、周囲は16㎞の小高い山だが、山がご神体であるため、長い間足を踏み入れることを許されない禁足地とされてきた。

今は許可をもらえば登拝することができるが、登拝には多くの禁止事項、遵守事項が課せられている。みもろ山とも呼ばれる日本最古の神社だ。

そんなお山に10歳の頃初めて登った。その年に翔《しょう》が祖父母と一緒に登ると知り、同じ日に登りたいと父に頼んだ。

毎年、夏が終わり観光客の数が一段落した頃、父は１人で登っていた。三輪山は大人の足で２～３時間で戻ってこられる小高い山だが、坂がきついうえに道が滑りやすい。

そのため子どもにはまだ無理だと連れて行ってもらえなかったのだ。どうしても登りたいと言って諦めない私に「途中で音を上げるなよ」とくぎを刺されての登拝だった。

登り始めは緩やかだった道は丸太橋を過ぎた頃から、足元の岩肌が滑りやすくなる。後ろから声を掛ける父は私が音を上げるのではないかとひやひやしている様子だ。私は父に本心を見透かされないよう、平気を装い一歩一歩足を進めた。少し前を登っているはずの翔は大丈夫だろうか。

急坂や木の根が飛び出た歩きにくい道をなんとか歩き切る。山頂へとたどり着くと、今までの苦しさは何処に行ってしまったのかと思うほどの感動が湧き上がった。

澄んだ空気をおもいっきり吸い込む。

不思議な感覚に包まれた。

神様の中にいる。

連れてきてくれた父に感謝の気持ちが込み上げた。

山頂では人々がひと時の休憩をとりながら見晴らしを楽しんでいた。私は翔を探した。翔は祖父母と離れた場所で杉の木の下を掘っていた。私は見てはいけないものを見てしまったとどきどきしながらも、翔から目を離すことができなかった。彼は小さく掘った穴の中に何かを入れ、土を掛けたのだ。

ここはご神山なのに、そんなことをしてはいけないのに。

翔がそこを離れた隙に急いで穴を掘り起こした。土にまみれた真新しい腕時計がでてきた。

腕時計は両親からのプレゼントなのだろうか。私は咄嗟にそれをポケットに入れた。

「翔くんあかんよ、神様の山に埋めちゃ」

翔は私が腕時計を持っていることに驚き、怒りだした。

「余計なことすんなよ！」

翔は奈良の祖父母の家に預けられていた。毎年夏休みが始まると奈良に来て、終わる頃には東京へ帰って行く。だがその年は夏休みが終わっても東京へ戻らない翔を不思議に思った。転校手続きが済んでいるのか、新学期が始まると同じ小学校に通うようになっていた。

時計は翔のものではなく、母親の再婚相手のものだと知る。

翔の両親が離婚し母親に再婚相手が現れた。翔は相手の男に激しく反発したため、母親は奈良の祖父母に彼を預け転校手続きをしたという。

翔にとっては大好きな奈良だ。だが母親の再婚相手と合わないという理由で祖父母に預けられるのでは傷つき方が大きく違った。

「みんな死んじゃえばいい」

翔の口から出た過激な言葉に子どもだった私は狼狽えた。思考の範疇を超える状況に

「何とかしなければ」と必死になった。

「そんなことゆうたらあかん！」

「僕は捨てられたんだ」

悔しそうに言った横顔を、今でも覚えている。

「それは違う！」

神様が違うって言っていると叫んだ。

「美羽《みう》に神様の声が聞こえるのかよ！」

「聞こえるよ」

神さまごめんなさい。嘘をつきました。声なんて聞こえなかったのに、あの時の私は、また次にお山に登ればわかる、神様の声が聞こえるはずだと主張し続けた。

翔を怒らせてしまった。それから話すことができなくなり、私の初恋は土の付いた腕時計と引き換えに終わってしまった。腕時計は翔に返すことができないまま、今でも私が持っている。

翔は東京の大学への受験を機に上京した後は、奈良へ帰ってくることはなかった。

子どもの頃から雨が好きだった。

まだ青いもみじに雨が当たり葉が揺れている。秋になると深い赤になる自慢のもみじだ。

雨の向こうの三輪山は更に深い緑を広げている。

父は三輪神社の二の鳥居裏でそうめん処の店を営業している。私は地元の高校を卒業後父の店を手伝っている。

今は夏の観光シーズンが終わり、紅葉のシーズンが始まる前のちょうど狭間の季節だ。そして雨だった。観光客の姿はまばらだ。

「ここ、いいかな?」

店内に入ってきた長身の男性に、息が止まりそうになった。翔が立っていた。

「久しぶり」

あの時のやり取りなど忘れているかのように翔は爽やかだった。洗練された大人になって微笑んでいる。

就職の内定がもらえるよう、お山で祈願しようと帰ってきたのだという。

やっぱり忘れてる。ずいぶん都合のいい祈願だ。

神様の山にあんなことをしたのに。

私の中にもやっとしたものが湧き上がった。それが意地悪な感情だということを自覚したのは、次に出た言葉だった。

「翔のお願いは叶えてくださらんかもしれんよ」

翔がどうして、という顔をした。

10歳の時の腕時計のことを話す。すると翔は一瞬怯えたような表情をして顔を曇らせた。

「やっぱり、あれがいけなかったんだよな」

うな垂れている翔を見て、すぐに悪いことを言ったと後悔した。

「でもあの時計はうちが持ち帰ったから」

「そうだね、ありがとう。おかげで助かったよ」

え、どういうことだろう、翔にお礼を言われるなんて。

それから翔は自分自身に言い聞かせるかのように話し始めた。

あの年、彼の母親の病気が見つかり、手術と治療のために翔は奈良の祖父母の元に預けられ転校することになった。病気のことは翔には伏せられた。知らせたくないという母親の強い希望だったからだ。再婚相手に反発しその上母親が病気だと知ったら、感受性の強い翔がどうなってしまうのかと心配だったようだ。

母の病気は再婚相手の男性が支えた。そのおかげで母は元気になったという。

「僕は憎み続けただけで、何もしてやることができなかった」

いつの間にか雨がやんでいた。

私は声を掛けることができず、青葉を抜けた光が翔の顔にやさしく当たっているのをただ見詰めていた。

高校生になって全てを知った翔は奈良の友人知人には誰にも知らせず、お山に登り、お詫びをし、願いを込めたという。

「美羽のおかげもあるかもしれないね、母が元気になったのは」

そんなんじゃない。そんなんじゃない。

てしまったら大変だと思ったからだ。翔の苦しみなど知らずにしたことだった。

「ありがとう、時計を持ち帰ってくれて」

私はますます小さくなり首を振った。時計を持ち帰ったのは、子ども心に神様を怒らせ

雨粒が頬に当たりポトンと落ちる。

良かった。翔が今、幸せで。翔が奈良にいる間に時計を返そう。

紅葉の季節は美しい。でも私は青葉のこの季節が好きだ。

雨に濡れ青くつややかになりながら揺れている木々が好きだ。

青を湛え霞の向こうで揺るぐことなく鎮座しているご神山が好きだ。

毎日見守られ、毎日元気をもらっている。

今日も胸いっぱいに神様の吐き出した澄んだ空気を吸い込む。

くよくよ悩んでなんていられない。今日も私は生きている。

了

ははきぎ
長野県阿智村「帚木伝説」の二次創作品

あれほど恋焦がれた都会での生活にたった4年で挫折しようとしている。無事に大学卒業の単位も取れ、就職活動も上手くいき外食企業の内定ももらった。彼女もでき、これからだという時のコロナ禍だった。

内定は取り消され、バイトも解雇された。仕送りは3月までというのが親父との約束だった。就職前のため失業保険もない。

ここ一週間、一日一食のカップ麺ともやしだけの食事だ。力が出ない。パンデミックになると都会は冷たい。助けてくれそうな友人はみな帰郷していた。彼女も故郷へ帰っている。

僕は帰りたくなかった。親父ひとりの家に帰るのは死に近い。話すことはなく遊びに行く場所もない。集落の夜は真っ暗になり、テレビを見ている親父の顔を見る以外することがない。隣町まで行けば娯楽施設はあるがバスは一時間に一本しかなく、車を借りていけば酒は飲めない。それ以上にあの軽トラで遊びに行きたくなかった。

だがパンデミックになり思った。都会は遠くから思っている時は魅力にあふれているが、暮らしてみると生きづらい街だと。

長野県阿智村園原に「ははきぎ」と言われる伝説の木があった。遠くからだとはっきり見えるのに、そばに近寄ると消えてしまう不思議な木のことだ。千年もの昔から人々はその不思議な木を神秘化し、多くの歌人が和歌に詠んできた。紫式部の源氏物語2帖は「帚木（ははきぎ）」だ。空蟬を想うが拒否され続ける光源氏が描かれている。

僕にとっての都会は、何も刺激のない故郷よりはるかに魅力的であることだけは確かだ。しかしパンデミックになり殺伐とした寒村のようになった。駅前広場で酒を飲んで騒ぐ学生もいたが、そんなことは一過性のものだ。あがいてもどうにもならないと悟ると、羽目を外す学生の姿も見なくなった。都会なのに田舎の駅前広場のような死の街と化した中で、自分の存在意義さえ見失いそうになる。こんなに好きで憧れた街なのに、拒否され続けていると感じる。

大学は一時帰郷を勧めた。もし僕がコロナになり自宅待機になったら、どうなるのだろう？

熱にうなされていたら1人で病院へ行くこともできない。コンビニへ行くことさえ禁止され、食物がなければ更に症状は悪くなるだろう。たとえ食料が手に入っても熱のある時にレトルト食品など食えない。寝てれば治る病気ではないのだ。

最近ではＳＮＳで会話する友人からも一時帰郷を勧められる。今は誰かと話している時だけが生きていることを実感する。

とうとう払う家賃もなくなり、親父に電話して飢え死に寸前だと助けを求めた。僕にとって相当な譲歩だった。

「金は送らねえ。そういう約束だからな」

クソ親父の主張は変わらなかった。息子が飢え死にしようとしているのに、その言い草かよ、と言いそうになる。だがぐっとこらえた。ここで喧嘩をしたら本当にアパートの一室で死体が発見されることになる。

新しい就職先を探しているので初月給が出るまでと言ってみる。だが本当は就職のあてなどなかった。今どこも採用をストップしている状態だ。それを見通しているのか、

「こっちに帰ってくるなら引っ越しの費用は出してやってもいいぞ」

「誰が帰るか、飢え死にの方がまだましだ」

叫びそうになる言葉をのみ込み「考えてみるよ」と答えた。

帰ることを約束し引っ越し費用を振り込んでもらうことにした。だがこれは作戦だ。

一度田舎に帰るがコロナが落ち着いたら再び戻ってくるつもりだ。少しの間のことだと思えば、クソ親父も、何もない田舎生活も我慢できそうな気がした。少なくとも飢え死によりはマシだった。

僕も大人になった。

「帰ってくる前に、ＰＣＲ検査を受けて来い」

という親父の指示に従った。田舎では都会から帰郷する者への抵抗感はこちらが考えている以上に強いらしい。感染者ゼロの地域に乗り込むのだから、これはしかたないことだ。また使うので惜しい気もしたが、売れる家具や家電は全て売り払い、売れないものは処分した。コロナ禍のため二束三文で買い叩かれたが、家具を持って田舎に帰ったら二度と戻れない気がしたのだ。次に田舎を出る時はリュック一つで出ていける。どれほど親父が引き留めても身軽ならそれもできる。

夕方バスを降りると全く変わらない故郷の風景が広がっていた。この一帯の集落には7軒の家が点々と存在している。おそらく今日僕が帰ってくることは集落の全員が知っているはずだ。

今更ながら気が滅入る。

「康夫んとこの広夢《ひろむ》じゃねえか」

バスを降りてすぐに声を掛けられる。同じ集落の田中《たなか》さんだった。今まで誰かと話をすることが少なかったせいか上手く挨拶を返せない。

「あ、はい」

「せっかく東京へ行ったのに、戻ってくることになるとはな」

「ああ、はい」

「そんな返事しかできねえのか。大学まで出てるのに」

「あ、すみません」

僕は故郷の土を踏んだ瞬間から、小言を言われ続けた。

家の鍵はかかっていなかった。いつものことだ。一応「ただいま」と声を掛ける。家中はシンとして親父のいる気配がしなかったが、畑仕事に行っているのだろう。仏壇に手を合わせて母に挨拶をした。

さすがに今夜は食い物を用意してくれているだろうと望みを抱いていたが、すぐにそんな甘い考えの自分を呪った。食事の用意どころか食卓の上には何もない。冷蔵庫の中は親父の作った野菜が入っているだけだった。

コタツの上に封筒が2通置いてある。ぶ厚い封筒と薄い封筒だ。

昔話ではこういう場合、厚い封筒の中身は悪い知らせで、薄い方が良い知らせだ。決まっている。

僕は迷わず薄い方の封を開けた。そこには短い文章が書かれていた。

「俺は家を出る。後を頼む」

はーーー、なんだよこれ！

急いで、厚い方の封筒も開けた。

なんと万札の束が入っていた。銀行の帯が付いている。おそらく百万円だ。初めて見る大金だった。親父は銀行強盗でもして警察から追われているのか？

万札の束に手が震えた。慌てて仏壇の引き出しに入れる。

その夜、親父は帰ってこなかった。まさかとは思ったが本当に銀行強盗をやらかして逃亡の身なのかもしれない。だが僕を強引に呼び戻した理由がわからなかった。犯罪者の息子なら警察や世間の目から届かないところに住んでいてくれた方が良いと考えそうだ。いやいやあの親父のことだ、自分のこと以外何も考えちゃいない。そうか、それならそうで僕も家を出やすくなった。しかも資金が百万円もある。コロナが落ち着いたらマジで出ていくことができる。

「かあさん、ごめん」

仏壇の母の写真が笑っていた。

その日は空腹を抱えたまま寝た。翌朝になっても父は戻っていなかった。

それにしても腹が空き過ぎた。冷蔵庫にわずかに残る野菜を使って味噌汁を作ってみる。肉が食いたいが、野菜と米しかないため米を炊いてみた。

ごはんと味噌汁だけの食事だったが、人生で一番美味い飯だった気がする。

腹が満たされると、今置かれている状況はとんでもない非常事態だと思えてきた。

そうだ、お隣りさんにそれとなく訊いてみよう。何か知っているかもしれない。

隣家の田中家へは歩いて5分だ。気づかれないように探りを入れなければならない。

何て言おうかと考える。

玄関前に立ちチャイムを鳴らそうとした瞬間、いきなりドアが開いた。

早紀《さき》ちゃんが立っていた。

「久しぶり！」

明るい声が返ってきた。僕は慌てふためき更に緊張し「あ、はい」と答えていた。

「なにそれ。４年ぶりに会ったのにその挨拶？」

「い、いやそいうわけじゃないけど」

早紀ちゃんは僕が大学に行っている間に隣町の男と結婚し、コロナ離婚して戻ってきたと早口で笑いながら説明した。

僕はもう目の前で起こることが目まぐるし過ぎて、親父のことを聞きそびれていた。

「でさ、オジさんいないからご飯困るでしょ？」

早紀ちゃんは親父が出ていったことを知っていた。ということは、どうやら銀行強盗で逃亡中というのはなさそうだ。

「作りに行ってやろうか？」

「え？　いいの？」

「どうせ冷蔵庫に野菜しか入ってないでしょ」

そうなんだ。早紀ちゃんはなんでも知っている。親父のことは早紀ちゃんに訊いた方が早そうだ。

その夜、早紀ちゃんは肉を持参してくれた。我が家の台所に立ってなにやら不思議な食い物を作ってくれた。見た目は悪いが旨かった。

親父がいなくなって二日目の夜だ。僕は早紀ちゃんに親父の置手紙を見せた。薄い方だ。

「ふ～ん、オジさんらしいね」

「ひどくないか、これ？」

「まあ、酷いっちゃあ酷いけど、いいじゃない一度きりの人生だし。その人生はオジさんのものだし」

早紀ちゃんの説明だと、親父には心に秘めた人がいて、その人とやり直したいと言って家を出たのだという。

「なんだ、それ！」

親父がそんな考えを実行に移したのは宝くじが当たったからだとも言った。

「宝くじ！　幾ら？」

「さあ、金額は知らないけど、余生を生きていかれるくらい、って言ってた」

嘘だな、って思った。もしかしたら億単位の金額ではないのか。親父のことだ、もしそんな金が手に入ったら、こんな田舎にいるのが馬鹿馬鹿しくなり出ていきたくなる。

代わりに俺を帰らせ家を守らせようとしたんだ。

「でさ、うちもおこぼれ貰ったんだけど」

「え、いくら？」

「百万、この家の仏壇と墓の見守り料だって。オバさんの位牌もあるしね」

そうかそれでわかった。出ていくためには先祖代々の墓と仏壇と母親の位牌を守る人間が必要だった。僕はコロナの間は帰ってきても収まればまた出ていくだろうと読んだんだ。

当たってるよ、親父。

その夜から、怒りがこみあげてきて眠れない日々が続いた。息子が助けを求めても金を振り込んでくれなかった。有り余るほど大金が手に入ったというのに。百万ぽっちで騙されるか！

怒り狂っていたからか体調もすこぶる悪かった。カップ麺ともやしだけの食生活だったのだから無理もない。

とにかくコロナが収まるまで生き残らなければならない。僕は親父の畑の手入れを始めた。百万円には手を付けたくなかったからだ。田舎は何もないところだが、新鮮な野菜と上手い水と米だけはふんだんにある。そのうえ時々早紀ちゃんがよくわからない肉の入った料理を差し入れしてくれる。

コロナの新株が次々生まれ、終わることのないループが永遠に続くのではないかと思えていたが、都会にいた時と違いそれほど滅入ることもなくなった。ここは空気が澄んで人の密度がきわめて低い。野菜は新鮮で旨いし、そのうえタダだ。

最近体調がよくなってきたと感じる。身体の芯まで生き返ってきた。いつの間にか健康的な身体になっていたようだ。

早紀ちゃんはちょっと気が強いが明るく、いつもよくわからない料理を作りに来てくれる。早紀ちゃんの親父さんは相変わらず僕に小言を言い続けるが、僕は何も言い返せなかった。この世代の親父たちのしぶとさには敵わないのだ。逆らうと倍になって返ってくる。

親父はもう帰ってくる気はないのだろうか。親父の想っている女の人は親父との生活を受け入れてくれるのだろうか。今まで怒りしか感じなかったが、ちょっとだけ優しい気持ちが湧き上がる。

おふくろが死んでから1人の生活が続いたのだ。思わぬ大金が手に入り、新しく女の人と暮らしたいと思ったとしてもそれは仕方がないことで、僕が怒ることではないと思えるようになった。

卒業式はオンラインだった。卒業した気がしないまま就職もダメになり、実家に帰れば親父は家出していた。コロナ以上にショックな出来事だったが、ここの生活を続けていたら、田舎も悪くないと思えるようになってきた。結局僕は都会に憧れていたというより、この家を出たかっただけなんだ。親父と2人きりの生活から逃げたかっただけなんだと思う。

ずっとこのままというわけにもいかないので、田舎のバイトの時給は驚くほど低いが、早紀ちゃんが紹介してくれた隣町の量販店でバイトをすることにした。

今日は初出勤の日だ。炊き立ての飯に生卵と味噌汁で朝食を済ませた。新しい車が欲しかったが、我慢だ。百万円に手を付けたくないので軽トラで通うことにした。

玄関を出ると、爆音を立ててポルシェが前庭に入ってきた。僕の前に横づけると男が降りてきて「よっ！」と手を挙げた。

親父だった。

だが僕はその姿を見ても冷静だった。親父はたぶん、彼女にフラれたのだ。そして戻る場所はここしかないのだと悟ったのだ。どうしようもない親父だが、しかたない、面倒見てやるとするか。

了

君に見せたかった、ふるさとの花
奈良県・長谷寺の「桜の浄土《じょうど》」

若さを失った代わりに得るものがあるはずだった。豊かな経験は若い時にはなかった自信へと変わっていくと思っていた。

平凡な人生だったが、目の前のことをひとつひとつ乗り越えながら生きてきた。子どもたちも育て上げ、家庭を守り抜いた。

だが達成感などなく、これで良いのかという想いに日々悩まされ続けている。


目覚ましの鳴ることのない朝。どれほど眠くても起きなければならないことから解放された日々は、早起きが苦手な私には待ち望んでいたことだった。

だが一向に朝は爽快ではなかった。

今日も雨が降っている。

いつもより遅く始まった今年の梅雨。私は空を見上げて「やだなー」と呟いた。今年の梅雨は特に辛いと感じる。

このうっとうしいけだるさは雨のせいなのだ。梅雨が明けない限り、きっと気持ちも晴れないのだと雨のせいにして、今日も厄介な私の一日が始まる。

妻が珍しく1メートルほどの鉢植えの木を友人から貰ってきた。

若い頃は鉢植えの花をベランダに並べ「やっぱり花っていいわね」と喜んでいた妻も、花が終わるといつの間にか忘れ去り無残な残骸を残しているのが常だった。妻も私もマメに手入れをするということが得意ではなく、向いてないのだと悟ってからは、植物がベランダに置かれることはなくなった。マンション暮らしで共働き夫婦の我が家では、長い間草花や木々の手入れは無用だったのだ。

妻の持ち帰ったのはヤマボウシの木だと言う。ハナミズキに似た大きな薄桃色の花が付いていた。

「でもね、これは花じゃなくて、葉なんだって」

薄桃色の四弁の花のように見えるのは花ではなく葉が変形したフェイクで、真ん中の雄しべのように見えるのが本当の花なのだと言う。

騙しているのか、ヤマボウシ。

妻はその話がよほど気にいったのか目を輝かせて話している。

以前の私だったら、興奮するほどのことでもないのにと冷めた目で妻を見ていただろう。

今は少し違う自分がいる。目の前の花ではない葉は、大きく存在を誇示したように咲き誇っている。フェイクの花びらは薄くて今にも破れそうで、雨に打たれて散ってしまうのではないかと心配になるほど華奢に見える。

だがベランダに置かれたヤマボウシは、雨に濡れても傷つくこともなく散る気配さえ感じられない。美しさを誇示し続けている。

変形せずに共生しているヤマボウシの葉は、冬以外は美しい姿を見せるという。春は萌黄色の新緑に、夏は深い緑の葉に、秋には鮮やかな紅葉へと変わる。季節によって色を変える葉と、フェイクの花。

そうか、ヤマボウシが強かなのはそれが理由なのだと勝手に納得した。

偽物だから強いのかもしれない。

「凄いよね、絶対花びらに見えるよね」

妻はヤマボウシを見るたびに興奮し同意を求めた。

我が家にヤマボウシが来てから、私は花屋の前を通るたびに花を見て名前を覚えるようになった。

保険会社で管理職の仕事をしている間は、常に鎧をまとったように身構えていた。努力も惜しみなくしてきた。だからそれなりに周りも会社も認めてくれていた。特に大きな失敗もなく勤めあげられたことは十分満足できることだった。

だが今の私は何者でもなく生きている。それを望んでいたはずなのに、そうなってみると何かが違っていることに戸惑っている。

「部長って、ぜったい本性隠してるでしょ」

部下に言われたことは一度や二度ではない。

「本性隠してるって、なんだよ」

謂れのない言いがかりだと反発したこともある。だがその指摘は当たっていたのかも知れない。本当に望んだ仕事とは違う仕事に就き、それでも「生きるために」と自分に言い聞かせながら懸命に働いてきた。それが間違っていたとは思わないが、長い間、ここではないどこかにいる自分を夢見て、それを諦めてきたことに取り返しのつかない過ちだったと絶望していたのかも知れない。落としてきた欠片を拾い集めることなどできないのに、未練を抱えている自分を軽蔑していたのかも知れない。

ヤマボウシの写真をスマホで撮った。誰かに送ってフェイクの花のことを教えてあげたいと思った。だが送る相手が思いつかない。職場以外の交友関係を築いてこなかったツケが回ってきているのだろう。皆それぞれに忙しい。そう考えて連絡を怠ってきた。同窓会などもほとんど出席してこなかった。

高校時代の旧友の山下《やました》から突然電話を貰った。退職したのなら逢わないかという誘いだった。

山下は大手出版社勤務を経て、今は小さな出版社を経営している。

高校生の頃、私と山下はともに本好きで知られていた。だから将来の夢は出版関係というのは2人の共通のものだった。私も山下も夢を語り合い、大学卒業までは頻繁に連絡を取り合っていた。

親の反対ということもあったが、私は入社試験に落ち、山下は合格した。それ以来、2人の距離は急速に離れて行った。山下は私を気遣い疎遠になり、私も合わす顔がないと考えていた。

その後、山下は高校の同級生だった西島春子《にしじまはるこ》と結婚した。私がそれを知ったのは、彼らの結婚から何年も経ってからだった。

高校時代、私は春子が好きだった。だから誰からも情報が届かなかったのかも知れない。皆が気遣ってくれたのだろう。


梅雨が明けたら逢おうと約束した山下との待ち合わせに、彼の家の近くにある全国チェーンの居酒屋を提案され、二つ返事で了解した。しっとりと落ち着いた店では、話が詰まった時に困る。会っていなかった時間が長い分、2人の間にできた越えられないコミュニケーションの溝を、ざわざわとした居酒屋なら埋めてもらえるような気がした。

山下と逢ったのは梅雨が明け、じりじりした夏がすぐそこまで来ている時だった。彼は確かに老けてはいたが、あの頃の面影は残っていて見間違うことはなかった。

私は酒とつまみが来るまでの間、ヤマボウシの写真を見せた。

「家のベランダにあるヤマボウシなんだ」

少しは話が発展するかと考えた。

「この花に見えるのは本当は葉でね」

そこで山下が突然笑い出した。

「おいおい、忘れてないか。小さいけど俺は今出版社の経営者だぞ」

彼はヤマボウシのことは熟知していた。専門家に準ずる知識のようだ。最近は専門書などの出版をメインにしているからだと笑われた。

少し考えればわかることだった。そんなこともわからなくなっているほど、私の能力は劣化しているのかと恥じた。

そんな私を労わるかのように彼が言った。

「それも限界でね、会社を閉じようと考えている」

子どもの頃からの夢を叶え、今は定年のない出版社の経営者だ。色々大変だろうと思うことはあるが、そこまで経営が追い詰められているとは思いもしなかった。

羨望から妬みに変わった心を抱えたまま、長い間連絡を絶ってきた自分が急に小さな人間に思えた。彼の詳細を知らないでいることで、自分の疚しい心に蓋をしてきたのだ。

「それと」

山下が少し言い淀んだ。

「妻がもう長くないいんだ」と抑揚のない声で言った。

経営が思わしくないこともあり、余命宣告された妻のために会社を閉じ、傍にいてやりたいと考えたのだという。

「行こう行こうと言いながら、行けなかった場所に2人で行き、やろうやろうと思ってできなかったことを一つずつ妻に見せようと考えた」

彼はそこまで言って一息つき、付け足した。

「おまえに逢うこともその一つだった」

私は言葉が出なかった。気が利いた言葉で山下を励ましてやりたかったが何も言えなかった。

初めて電話をもらった梅雨の時から1か月近く経っていた。その間に春子さんは急速に悪くなっていったのだという。私との約束もキャンセルしようと考えたが、彼女が「逢って交友を復活させて欲しい」と望んだのだという。

私はますます自分の卑屈さを思い知らされ、言葉を失っていた。

「最近、長谷寺の桜を見たいって、頻りに言うんだ」

彼女が長谷寺の桜を見るためには、暑い夏を越し、厳しい冬を生き抜かないと見ることはできない。

「俺にできることはないか？　何でもするぞ」

山下はありがとうと小さく言った。今までも妻から長谷寺の桜を見に行こうと言われたことがあったが、長谷寺は有名であるがゆえに、桜の季節は混んでいてゆっくり花を見ることはできない。桜なんて日本中にあるのだから、わざわざ人ごみの中にいくこともないと、近くの公園の桜などで済ませていたのだと自嘲気味に打ち明けた。

「それを、今痛烈に後悔している」

と、吐き出すように言った。

長谷寺の桜は「桜の浄土」と言われているほど見事な桜の世界が広がっている。

舞台の上から見下ろすと広がる桜色の世界を、古の人々は「まるで浄土のようだ」と感じ、死んだらあのような浄土が待っているのだと信じたのだ。

確かに長谷寺の桜は、それが納得できるほど精神性を感じる。

西行法師は「山家集」の春の章全１７３首の内、１０３首が桜の歌だ。桜の歌人と言われている所以だ。

浄土は死後の世界を信じていた人々の救いだった。それほど満開の桜は一切の煩悩やけがれを離れ、仏や菩薩が住む清浄な国土に思えたのだ。

「願はくは花の下にて春死なんそのきさらぎの望月の頃」と西行法師は詠い、生涯の終わりには桜を眺めながら死んでゆきたいと願った。

人間はいつかは死ぬ。早いか遅いかだ。

私は望んだ夢を叶えることができず、山下は全て手に入れた。今、最愛の妻の最後の望みも叶えてあげられるかどうかわからないと苦しんでいる。

目の前の彼は無力を嘆いていた。

あの時行っておけば良かったという、普通ならそれほどの大事ではない後悔が、今これほど重く彼にのしかかるとは思ってもいなかったのだ。

しかしそうだろうかとも思う。これからの余生を「桜の浄土を見に行こう」と励まし寄り添い続けることで良いのではないか。たとえ叶わなかったとしても、それは実際に桜を見る以上に春子さんにとって貴重で幸せなことのように思えた。

私の言葉に、山下が「そうだな」と小さく笑った。

山下は私に逢って、春子さんの話を共有したかったに違いない。あいつだったら親身に聞いてくれるだろうと逢いに来てくれたに違いない。私は彼の気持ちにできる限り応えてやりたいと思った。

何者でもなく生きてきて何かが違っていると戸惑っていた私は、今の山下のように、あの時にあれをしておけば良かったという後悔を常に抱えて生きてきた。だが、しなかった後悔ではなく後悔を引きずってきたことに、今の自分の戸惑いがあるのだと気づかされた。夢を諦めたことではない。小さな失敗や致命的な失敗、どちらも過去に戻ることはできないのだから。

ヤマボウシの花ではない葉に顔を輝かせて話す妻を想った。私だけが頑張ってきたのではない。妻もまた必死に人生を生きてきた。それは幸せなことなのだと今は思えた。

春子さんは山下と私の友情の復活を望む一方、見舞いは固辞しているという。

たしか通りを抜けたところに花屋があった。そこで薄桃色の花束を二つ買おう。ひとつは春子さんに、もうひとつは妻のために。

了

どうぞの椅子

5月の風が吹く気持ちの良い日だった。住宅街の空き地に手作りの椅子が置かれた。土地の所有者はすでに亡く、相続した人も持て余しているという15坪ほどの土地だった。家を建てるには狭過ぎるのだという。

突然現れた椅子を誰が置いたのか誰も知らなかった。椅子は手作り感満載で廃材と竹で骨組みが作られベンチ型をしていた。簡単な屋根も付いている。背面は西側になるためか葭簀《よしず》が張られていた。座面に置かれた2枚の座布団は汚れもなくひと目で手作りだとわかった。椅子の横の立て板に「どうぞご自由にお座りください」と書かれている。咲羽《さわ》がこの椅子の存在に気づいてから3日になる。住宅街にはお年寄りも多くいるが誰かが座っているのを見たことがなかった。

幼い頃咲羽は、母にねだってよく児童書を読んでもらった。特にお気に入りだった本に「どうぞのいす」という絵本があった。うさぎさんがいすを作って森に置くという話だ。「うさぎさんが　つくった　しるしに　いすに　みじかいしっぽを　つけました」というところを鮮明に覚えている。そこを読む時はきゃっきゃと声を上げ、何度も何度も読んでくれるようせがんだ。

咲羽はふと思った。うさぎさんが作った「どうぞのいす」は森に置かれた後どうなったんだろう。思い出せなかった。

椅子に気づいてから5日目の午後3時頃のことだった。椅子に西陽が当たっている。お爺さんが座りコップに入った水を飲んでいた。知らないお爺さんだった。

「この椅子、お爺さんが作ったんですか？」

咲羽が声を掛けると、

「俺じゃあないよ」と答え、横に置いてあった一升瓶を持ち上げコップに注いだ。

コップの中身は水ではなく焼酎だった。

まだ陽が高かった。明るいうちから飲んでいることに咲羽は釈然としないものを感じた。この椅子を作った人はここでお酒を飲んでほしくて作ったのではないような気がしたのだ。

「まだ昼間ですよ、お爺さん」

「ごめんな、お嬢ちゃん。息子の命日なんだよ」

咲羽はすぐに悔やんだ。偉そうに言ってしまったと恥ずかしかった。18歳で逝った息子さんとは、20歳になったら一緒に飲むのを楽しみにしていたとお爺さんが言ったからだ。もう14回目の命日なのだという。

それからしばらくの間、朝の通勤時と夜暗くなってからしかそこを通ることがなくなり椅子のことも忘れかけていた。

プレミアムフライデーが会社に導入された最初の日だった。夕方からの飲み会の約束があったため午後の3時頃一度帰宅した。

椅子のある路地が近づくと、あの日の失敗を思い出した。自分は飲み会でお酒を飲みストレスを発散している。それなのに息子の亡くなった日に1人静かに献杯している年老いた父親に、若い娘が咎めた。そのことが咲羽を落ち込ませた。できるものなら顔を合わせたくないと思った。

咲羽の気持ちとは反して、椅子にまたあのお爺さんが座っていた。手には焼酎入りのグラスを握っている。横に一升瓶ともう一つのグラスが置いてあった。また昼から飲んでいた。お爺さんが椅子に座りお酒を飲むのは午後の3時頃と決めているようだ。

息子の命日だと言った日から1か月ほど経っていた。

お爺さんが咲羽を見た。このまま素通りできないと思った。咲羽は遠慮気味に訊いた。

「今日も、誰かの命日ですか？」

「今日は女房の命日だよ」

お爺さんが悪びれずに答えた。息子さんが亡くなり後を追うように亡くなったという。

言葉を返せなかった。こんな悲しいことがあってもいいのだろうか。どんな慰めの言葉も役に立たないと感じた。今は1人の生活で、午後になると家にいるのが寂しくて耐えられないと言った。

「女房はね、ビールが好きだったね」

こんな安酒しかなくてすまないと言って、椅子に置かれたもう一つのグラスに焼酎を注いだ。

ぼろぼろになった「どうぞのいす」の絵本は、小学生が終わる頃までは咲羽の部屋の本箱に置いてあった。お気に入りだったはずなのに成長すると気にも留めなくなり存在さえ忘れてしまった。

子ども向けの絵本だ、アンハッピーエンドである筈がないと思ったが、うさぎさんがいすを森に置いた後どうなったのか、ラストはどうなったのか、知りたいと思う気持ちが膨らんでいった。気になってしかたがなかった。家に帰ったら探してみようと思った。

絵本「どうぞのいす」は見つからなかった。母に訊くと片づけの時に処分したのではないか、と人ごとのように言う。

何度も読んでくれた母なら覚えているかもしれないと思い、ラストはどうなったのか訊いてみた。

「さあ、どうだったかしら?」

母も頼りない。

お爺さんのことを話すと、遠藤のお爺さんではないかと言った。独り暮らしの老人はこの辺では遠藤さんだけだという。

遠藤のお爺さんは奥さんを亡くしてから急に老け込み、顔も変わってしまったのだという。咲羽がわからなくても無理ないわね、と母がため息を吐いた。

夕方、飲み会のため駅へと向かう途中で、再び「どうぞの椅子」の前を通った。遠藤のお爺さんはいなかった。

それからしばらくの間、陽の高いうちに家に帰ることがなかった。どうぞの椅子のことも遠藤のお爺さんのことも忘れていたある日、母が言った。

「あの椅子、わかったわよ」

「え、何が?」

「誰が作って、誰があそこに置いたのか?」

謎解きをする探偵のように母が言った。あの椅子はあの土地の持ち主が作り置いた。長い間放置していたお詫びだという。その間に小さな空き地では誰かが草取りをし、捨てられたごみを片付けていた。それが遠藤のお爺さんだったのだ。

お爺さんはあの椅子にどうどうと座ることができたのだ。お爺さんのために作られたような椅子だったからだ。

「息子さんも奥さんも亡くなって、寂しいだろうなあ?」

咲羽がぽつりと呟くと、母が「遠藤さんには息子さんはいないわよ」と答えた。

遠藤のお爺さんには娘がひとりいるが18歳で留学のために渡米した。その後南米に渡り現地の人と結婚したという。

騙されたと思った。悔しさが込み上げてきた。

「でも奥さんを3年前に亡くしたのは本当で、独り暮らしも本当よ」

お爺さんの話は半分嘘で、半分本当だったのだ。

18歳で外国へ行き、帰ってこない娘とはもう会えないと思っているのだろうか。地球の裏側へ嫁いだ娘を想いお酒を飲んでいたのだろうか。

会社から帰ると居間のテーブルの上に絵本「どうぞのいす」が置いてあった。厚い表紙の角は擦り切れ、少し色あせている。納戸の中から見つけたのだと母が得意げに言った。

表紙には「どうぞのいす」とひらがなで大きく書かれていた。その下にうさぎさんがいすに座っている絵が描かれている。小さないすの後ろには短い木のしっぽが付いていた。

絵本「どうぞのいす」をめくる。ロバ、クマ、キツネ、リスと出てくる。ロバは「どうぞのいす」と書かれた立て看板を見て、椅子の上にどんぐりを入れた籠を置いて居眠りをしてしまう。次に来たクマは「どうぞ」と書かれていたためどんぐりを全部食べてしまうのだ。でも後のひとにお気の毒と、自分の持っていたはちみつを籠に入れていく。キツネ、リスも順に同じようにしていったため、ロバが居眠りから覚めると、籠の中はどんぐりから栗になっていたという話だ。

「どうぞ」の言葉の優しさを絵本にしたものだった。

冷蔵庫を開けると小さな茶色い瓶が6本入っている。母に訊くと「ホッピー」という飲み物だと言った。これで焼酎を割って飲む人が多く、ビールの様な味わいになるのだと知った。ご近所さんからの頂き物だった。

咲羽は遠藤のお爺さんが言った、亡くなった奥さんはビールが好きだったという言葉を思い出していた。

「お母さん、ホッピー貰っていくけどいい?」

あらどうするの、と母が訊く。遠藤のお爺さんにおすそ分けする、と咲羽が答えると

「じゃあ、籠を用意しなくちゃね」と母が笑った。

了

夢で逢いましょう

僕のジイちゃんはエロい。今年83歳になるがキャバクラ通いが止まらない。それも水曜日限定だ。母は「夜道で転ばないか」と心配している。父は「他に楽しみがないんだから、放っておけ」と言っている。でも僕だけはジイちゃんの本当の姿を知っている。ジイちゃんにはお目当てのホステスがいて、尻を触りまくっているのだ。

バアちゃんが死んでから、ジイちゃんの落ち込みは半端なかった。それが1年ほど前からキャバクラ通いを始めるようになって元気になった。元のジイちゃんに戻ったが、それはそれで心配なのだ。

今日の天気予報は夜半から雪になると言っている。ジイちゃんは足が少し悪い。雪道で転ばないかと心配する母が、僕に後を付けるようにと言う。今日は寒い。だから抵抗した。だが天気予報のおねえさんは「水分を多く含んだ雪になる」と言い「非常に滑りやすいので注意してください」と強調した。僕の横で母が「ね？」と睨んだ。

ジイちゃんのキャバクラ通いはいつも夕方の6時から始まる。家を6時ちょうどに出る。ゆっくりゆっくり歩いていくと6時半には店に着くのだという。帰りも決まっている。9時きっかりには帰ってくる。店を8時半には出るからだ。母は簡単にいうが、僕が店前で待っていたらジイちゃんはきっと怒る。なにしろジイちゃんはホステスの尻を触りまくってきた後なのだから、孫に迎えに来てもらうなんて嫌がるに決まっている。

テレビの天気予報のおねえさんが「転ばないよう、ほんとうに気を付けて下さいね！」とテレビ的笑顔で手を振った。余計なことを言う。

小遣いをアップしてもらう約束で、僕はしぶしぶ母の提案を受け入れた。


夕方6時になった。ジイちゃんが部屋から出てきた。ジイちゃんはおしゃれだ。今日もキメている。母が「今日は雪になるそうですから、傘持って行って下さいね」とわざとらしく言う。ジイちゃんは「そうだな」と返事をしてお気に入りの傘を持って出かけて行った。

ジイちゃんのコートのポケットはいつも不自然に膨れている。そこにはホッピーが入っているのを僕は知っている。出かける前にホッピーをひと瓶ポケットに入れるのが決まりだ。キャバクラにはホッピーは置いてないのか？

僕は見つからないように後を付けた。以前『スパイになるためのハンドブック』という本を図書館で読んだことがある。シャレで書かれた本かと思ったら、元イスラエル軍秘密諜報部出身のトップエージェントが書いた、スパイになるための手引書だった。その本で「尾行」は「動く目標の観察」と書かれていた。僕の動く目標はジイちゃんということになる。ジイちゃんは歩き方がゆっくりで、後ろを振り向くことはない。だから観察は楽だ。

ジイちゃんの歩く速度に合わせて少し後ろを歩けばよかった。

ジイちゃんは駅近くのカフェに入っていった。キャバクラではなかった。この店は珈琲をウリにした昔風のカフェだ。中学生には価格が高いので一度も入ったことはない。店前のドアに「本日休業日」の札がかかっている。この辺は水曜日が休みの店が多い。

ジイちゃんはキャバクラって言っていたけど、本当は仲間と珈琲でも飲んでたのか？急にバカバカしくなった。

帰ろうとするとドアの横にある小さな張り紙に気づいた。「夢」と書かれた手書きの紙が貼ってある。「これ？」ってことは、水曜日以外はカフェとして営業し、水曜日は「キャバクラ夢」になるのか。

ドアをそーっと開けて中を覗いてみた。どっと笑い声が聞こえてくる。7～8人の年寄が盛り上がっていた。水曜日限定高齢者専門キャバクラということらしい。

「タエさん、ホッピーの栓抜きお願いしまーす！」

ジイちゃんの声が聞こえた。明るい声だ。今まで聞いたことがないような声だった。

ホッピーは持ち込みだったのか。タエさんと言われた人も80過ぎのおばあさんだ。ホステスさんが着るような派手なドレスを着ている。

タエさんがカウンターの中からスプーンをもってきた。ジイちゃんは満面の笑みで「ありがとう」と言って栓抜きではないスプーンを受け取った。別のおばあさんが「タエちゃんのご主人、ホッピーが好きなのよね？」と言った。タエさんは恥ずかしそうに頷いている。ジイちゃんは笑顔だ。僕は気づかれないうちに帰ろうと思った。

その時客が入ってきた。その人も高齢者だ。僕は急いでレジカウンターの中に隠れた。

ジイちゃんは人気者らしい。輪の中心にいてみんなを笑いに誘っている。

「年を取るって素晴らしーい！　お前ら若造にはわからんだろうけどな」

少し年下らしき高齢者に向かって言う。全員がぎゃははと笑った。

「若い女はつまらん！　80過ぎのキャバ嬢は最高！」

また全員がぎゃははと盛り上がった。何を言っても笑いが起きた。

僕は駅前のまん喫で時間をつぶし、8時半少し前にはキャバクラ夢の前で待っていた。

ジイちゃんは時間に正確だ。早く帰ることも遅くなることもない。「動く目標の観察」は気づかれないようにするだけでよかった。

ジイちゃんがタエさんと一緒に出てきた。僕には気づいていない。タエさんはドレスから普通の服に着替えていた。ジイちゃんがタエさんの体を支え労るように歩き出した。

「こんな日は無理したら駄目だよ」とタエさんに優しく言っている。同じセリフを僕ら家族も何度ジイちゃんに言ったことか。

「あの日と同じですね、あなた」タエさんが言った。

「あの日と、同じだね」ジイちゃんが答えた。

2人は、ゆっくりゆっくり歩き始めた。

僕はいつだったかジイちゃんから聞いたことがある。

「ボケというのは神様のくれたプレゼントなんだ」

死の恐怖から逃れるために神様は年をとった人間に「ボケ」というプレゼントを用意したのだと。

「だからジイちゃんがボケても、嫌わんでくれな」と僕に言った。

嫌わないよジイちゃん。

天気予報の言った通りちらちらと雪が落ち始めた。タエさんは掌に降る雪を受け止め「夢よ、ほら」とジイちゃんに見せた。「そうだね、夢だね」とジイちゃんが答えた。

タエさんの掌の雪はすぐに融けていった。

「なくなっちゃった、夢」

ジイちゃんはタエさんに傘を差しだし、2人は一つの傘で寄り添うように歩き始めた。

後ろ姿が仲良く年を重ねた老夫婦のように見えた。

「バアちゃん、怒ってないよね」

僕は2人の少し後ろを、ゆっくりと付いていった。

了

ルパンの珈琲

世界一旨い珈琲を提供したい。そう思って始めたカフェだった。だが経営は思った以上に厳しい。開店に大反対をした妻には6か月という期間を区切られた。それで黒字経営にならなければ辞めるか、離婚するという約束だった。

開店から来月で1年になる。妻は出て行き、家賃と原材料を払えば何も残らない経営を続けている。当然なことに人を雇うほどの余裕はなく、珈琲を淹れることから接待まで1人でやらなければならない。それでも客が来てくれれば嬉しいのだが、頼りになるのは常連客だけだった。ご近所さんの助け合いのような有り様だった。

商店街の若き店主たちだ。商店街の入り口にあるという立地条件にも拘らず、客足が伸びないのは、近くにチェーン店のコーヒーショップができたこともある。ブレンドコーヒーを290円で提供している。うちはブレンドでも450円だ。これ以上は下げられない。好きな人は珈琲を褒めてくれる。450円でも安いと言ってくれる人もいる。でもそれも人数的には極わずかだった。

珈琲セットに使用するケーキ以外にも、提供できるものを作ろうと、パフェやサンドイッチなどにも挑戦したが、評価はひどいものだった。常連客に試食品を食べてもらうと

「これじゃ、小学生の娘の作ったサンドイッチの方が旨い」などと言われる有様だ。

最近気持ちが落ち込むことが多い。やはり甘かったのか。妻の言う通り珈琲以外に取り得がない僕には、商才もなければ料理の才能もないのだ。

商店街ではほとんどの店が水曜日が定休日となる。珈琲ルパンも水曜日が休みだが、最近は休みでも店に行く。休みの日は売上向上の打開策を見つけるための研究をするためだ。ランチに提供する品の試行錯誤を続けている。本当は珈琲だけを提供する店でいたいのだが、そうも言ってられなくなった。

この店は商店街の入り口にある。半地下にあるため店内の商店街側には天井近くに明かり取り用の窓が取り付けられている。そのため商店街を通る人の足だけが見える。店にいる一番の楽しみはそれだった。俺は脚フェチなのだと実感している。

太い脚、細い脚、可愛らしい脚、色々な足が通り過ぎていく。見ていても飽きない。最近特に楽しみにしている脚がある。ただ細いだけではなく均整がとれて美しい。本人も意識しているのか、必ず膝上のスカートを穿き、7センチぐらいのヒールを履いている。歩き方も美しかった。水曜日以外は毎朝10時少し前に駅方面から商店街の奥へと向かい、帰りは7時30分ごろ奥から駅方面へと歩いて行く。

入り口のカウベルが鳴った。反射的に「いらっしゃい！」と言いながら入り口を見る。少し冷たい感じのする美女だった。初めての客だ。店内を見まわしてから商店街側のテーブルに座った。店内には常連客のヤスさんが1人いた。座ったため彼女のスカートの裾はより膝上に上がっている。その脚を見て「あの脚美女だ！」と思った。履いている靴も見覚えがあった。

彼女は珈琲を注文した。

珈琲を持っていく。湯気の上がるカップをしばらく見つめてから手に取った。目をつぶり香りをしばらく堪能しその後カップに口を付けた。珈琲を喉に流し込みしばらく味わってから、こちらを見て微笑んだ。

何も言葉はいらなかった。それだけで十分だった。俺の珈琲を気に入ってくれたのだ。飛び上がりたいほど嬉しかった。彼女は珈琲を飲み終わると、レジで「美味しかったです。ありがとう」と言って出て行った。最高の客だった。

「やっぱ、美女は珈琲の味がわかる」

自分では気づかなかったが、俺は相当にやけた顔をしていたようだ。ヤスさんに揶揄われた。ヤスさんが、彼女は2軒先の宝石店の店員で1か月ほど前から働いていることを教えてくれた。宝石店は赤字が続き閉店寸前だったが、彼女が来てから売上も持ち直していると知った。

次の水曜日だった。その日は両親の元へ行く予定があった。店を開くにあたり、両親から資金の援助をしてもらっている。呼ばれたら報告に行かなければならない。引導を渡されるかもしれないと思った。これ以上赤字が続けば覚悟しなければならない。

せめて旨い珈琲を飲ませてやりたいと思った。実家へ向かう前にルパンに寄った。まだ薄暗い早朝の水曜日ということもあり、商店街には人っ子ひとり歩いていなかった。

珈琲の用具を一式バッグに詰めていると、明かり窓を1人の脚が通っていく。「こんな朝早く、誰だろう」と思わず見た。美しい歩き方だった。その歩き方で「彼女だ！」と思った。だがいつもと違いスエットのようなものを穿き、靴はスニーカーだった。「休みの日なのでアウトドアの遊びにでも行くのかもしれない」と勝手に解釈した。

珈琲好きな両親に俺の珈琲の効果はてき面だった。これ以上の資金援助はできないが、もう暫く待ってもいいと言ってくれた。

実家へ行った翌日のことだった。開店間際に雰囲気の異なる2人の男が入ってきた。男たちは店内を見まわしてから、黒い手帳のようなものを取り出した。警察手帳だった。

2人の警察官は、俺が水曜日朝6時に店に寄っていることを知っていた。防犯カメラで確認後に聞き込みに来ていたのだ。俺は両親の家に行くために寄ったと事情を説明した。

「何かあったのですか？」

この先の宝石店で、昨日宝石が盗まれたのだと刑事が説明した。俺は動揺した。もしかして疑われているのか？　しかしその不安はすぐに取り払われた。俺が店に寄り10分ほどで出てきたことは防犯カメラで確認後に聞き込みに来ていたからだ。

「昨日の6時頃あの窓に誰か通りませんでしたか？」

刑事の1人が言った。すぐ彼女の脚が思い浮かんだ。ちょうど朝の6時過ぎ、俺が店に入って2～3分後のことだった。スカート姿ではなかったが、あれは確かに彼女だったと今でも思っている。

「いいえ見ませんでした」

俺は答えていた。あの脚の持ち主が彼女だと証明できない。歩き方で彼女だと確信したが証拠などないのだ。しかもスエット姿でスニーカーだった。思い違いと言うこともある。確かに彼女だと確信したが、見ていないのだ、と自分に言い聞かせた。

「防犯カメラに写っていないのですか？」

慎重に聞いてみる。どうやら朝の6時頃宝石店に入った人物はフードを深くかぶり、性別さえ確認できないらしいということがわかった。

それからが大変だった。商店街中がその話で持ち切りとなった。水曜日の早朝と言うこともあり憶測が憶測を呼び、流言飛語が飛び交った。俺は彼女の脚のことは誰にも言わなかった。もちろんあれ以来彼女が通ることはない。宝石店主に疑われたことで店を辞めたらしいと聞いた。

俺は楽しみをなくした。彼女は二度と宝石店に出勤することがなかったからだ。犯人はまだ捕まらないが、疑われたことで深く傷ついたのだろう。

俺は水曜日に惰性のように店に来るが、無力感と脱力感が襲ってくる。もし本当に彼女が犯人だったら……そんなことが頭に浮かぶ。いや、そんなことはない。何かの間違いだ。

珈琲を飲んだ帰り「美味しかったです。ありがとう」と言った彼女の笑顔と言葉が蘇る。どうしても彼女が宝石泥棒だと思えなかった。いや思いたくなかったのかもしれない。誰かに話せばきっと馬鹿にされるだろう。

水曜日、店でホッピーを飲むことが多くなった。商店街には居酒屋もあるが、今は行けばあの話になる。だから1人でここで飲みたかった。

よく冷やしたホッピーを氷と焼酎の入ったグラスに注ぐ。琥珀色の液体がパチパチと弾け小さな泡が満ちてくる。一人ぼっちの酒席に優しさを添えてくれる。ホッピーを口に含み、彼女をかばおうとしている自分を小さく笑った。

彼女の無実はしばらくして判明した。宝石店の累積赤字は売上が多少伸びたくらいではどうにもならないほどになっていたようだ。盗難事件は店主の自作自演と判明した。宝石にかけていた保険目当てだった。彼女はその計画を実行するための隠れ蓑として雇われ、罪をかぶせられた。預かっていたケースの鍵を店主からの連絡で置きに来ただけだったのだ。

彼女の無実がわかったことは嬉しかった。だがこの店も閉店の危険にある商店の一つだ。他人ごとではなかった。そろそろ覚悟を決めなければならないかもしれない。

水曜日、何をするでもなくただボーッと過ごしていた。自分は彼女の脚を見たことを黙っていた。だが本当に彼女を信じたのではなく、ただ信じたかっただけなのだ。結果的にそれで良かったが、疑いの気持ちが全くなかったわけではない。それを恥じた。そして根拠のないことを漠然と信じるという、主体性のない自分を恥じてもいた。


カウベルが鳴った。入り口を見ると彼女が立っていた。

「お休みなのはわかっていたのですが」

どうしてもここの珈琲が飲みたくて、と小さく微笑み「ありがとうございます」と言った。俺は「え？」と返した。

彼女はあの日、この店から明かりが漏れていたのに気づいていた。店内に明かりを取り込むための窓は、外が暗いうちは、逆に店内の明かりは外に漏れるのだという。

少なくとも彼女を不利な立場に追い込む証言を俺がしなかったことを、彼女は知っていた。


俺はホッピーの入ったグラスを持ち上げた。

「珈琲は後で。今は一緒に飲みませんか？」

彼女は少し微笑み「そうですね」と言った。

了

契約切れから始まる

「5、4、3、2、1、0！」

美海《みう》はバッグをさっとつかみ立ち上がると「お先に」と叫びながら猛ダッシュで部屋を出ていった。周りの社員たちが時計を見る。ジャスト6時だ。

「いつもながら、見事ですね」

「残業が禁止とはいえ、時計のような退社」

社員たちの呆れ顔を背中に感じながらも、バイト先へと急いだ。気にしている暇などないのだ。この時間に社を出なければ6時30分には着かない。1分でも遅刻をすると罰金千円をバイト料から引かれる。それでも時給の高いこのバイトは辞められなかった。

6時26分、息を切らしながら相馬《そうま》と書かれた家の玄関でチャイムを押す。

「間に合った！」

美海は玄関ドアを開け中に入っていく。

「ただいまー、おばあちゃん！」

相馬トミが満面の笑みで出てくる。

「おかえり」

美海は「レンタル孫」を始めて1か月になる。「平日の退社後に祖母の家で夕食を共にする」のが仕事だ。「お祖母ちゃんが大好きな孫」と言う設定でレンタル派遣されている。だがそれももうすぐ終わる。やっと解放されるのだ。終わったら慎吾《しんご》と一緒に住むために、新しいアパートに引っ越すことになっている。

「わー今日肉じゃが？」

トミが嬉しそうな顔をする。美海が好きだから作ったんだよ、といそいそと食事の用意を進める。美海も手伝い孫と祖母の家庭的な食事が始まるのだ。

「お祖母ちゃんの肉じゃが、美味しいんだよね」

美海は思っていた。確かにトミ祖母ちゃんの肉じゃがは美味しい。でも肉じゃがや煮魚ばかりでは飽きる。時々はステーキ肉とかチーズたっぷりの料理も食べたい。でもそんなことは決して言ってはいけないのだ。「お祖母ちゃんの作る料理が好きで、毎日急いで会社から帰ってくる」設定なのだから。

「夕飯が済んだら、柿の実をとっておくれ」

トミ祖母ちゃんがいとも簡単に言う。

庭に立派な柿の木がある。今年は特に出来が良いようだ。柿はトミ祖母ちゃんが渋抜きをして毎年ご近所に配っているのだという。

「いやいやいや、もう暗くなっているし」

美海はさすがに尻込みした。夜しかいないのだから夜とるしかないだろとトミも譲らない。

「我慢我慢、あと1週間」

美海はおまじないを唱えた。わがままなトミの相手はストレスがたまる。何とか乗り切るためにこのおまじないは必須なのだ。しかも「お祖母ちゃん大好き」を演じなければならない。

台所の隅にホッピーがケースで置いてある。1週間に一度来る息子のために用意してある。毎回焼酎と一緒にホッピー2本分を飲んで帰っていくという。

美海はふと「息子は柿取りをしてくれないのだろうか」と思った。

庭に脚立が用意された。木登りなんて子どもの頃以来だ。柿の木の下でトミが嬉々として籠と一緒に待っている。

夜の木登りかぁと気分が滅入る。だが登ってみると意外に気持ちがよかった。

「ほら、そこにたんとある」

木の下で懐中電灯を照らしているトミが声をかける。

全部取ることはできなかったが籠いっぱいにはなった。

柿は洗って蔕《へた》を焼酎に漬け大きくて丈夫なビニール袋の中に入れられた。1週間から10日ぐらいで食べられるようになるという。なんとなく楽しみになってきた。柿は大好きだ。

だが食べ頃にはトミとの契約は切れる。

「おまえさんの最後の日に、間に合わせてやったんだよ」

トミがちょっとだけ恩着せがましく言った。


次の日いつものようにダッシュで退社して相馬家に行くと、玄関からトミ祖母ちゃんの怒鳴り声が聞こえてくる。

「二度と来るな！」

サラリーマン風の2人組が玄関から出てきた。2人とも渋い顔をしている。

玄関前で美海とすれ違った。2人はちらっと美海を見るが表情を変えることなく無言で帰って行った。

「ただいま〜ぁ！」

元気よく玄関を入った。三和土に塩が散らばっている。祖母ちゃんが撒いたに違いない。

トミの名を呼ぶが返事がない。いつもは夕飯の匂いと一緒に奥から出てくるのだが、今日はその匂いもなかった。

居間に行くとトミ祖母ちゃんが仏壇の前に座っていた。後ろから声を掛けても返事をしない。深追いして聞いてはいけないことなのだと感じた。美海は偽の孫なのだから。

時間を持て余していた美海がテレビをつける。トミが立ち上がり美海に声を掛けた。

「なんだ、いたのかい？」

何かあったの？　と訊いても「さて遅くなったが、夕飯にしようかね」と台所へ向かった。

「今日は、美海が作ろうか？」

気を利かして言ったのだが「おまえさんの作ったものなんか、食べられるかい」と憎まれ口をきいた。

「お祖母ちゃん、また明日来るね」

今日はリュックがずっしりと重い。中にはホッピーが入っている。どうしても持っていけとトミがリュックに詰め込んだ。あと一日だ。明日来れば契約は終わる。時給が良くて夕食も食べさせてもらえると喜んで飛びついたバイトだが、毎日アパートに帰るとどっと疲れを感じる。

慎吾と毎晩11時にスカイプで話をすることになっている。でも最近、通話ができないことがある。３歳年下の慎吾はまだ学生だ。次の3月には卒業の予定だが、卒業できそうもないという。好きなことにのめり込んで単位をなかなか取得できないのだ。

今も小笠原の民宿でバイト中だ。スキューバダイビングのインストラクターをしている。海に潜っている時が一番幸せを感じるという慎吾に、辞めろとは言えなかった。

今夜も深夜2時まで待ったが慎吾と会話ができなかった。電話をしても電源が入っていない。なんとなく嫌な予感がしていた。小笠原へ行くといった時からそれは感じていた。

いよいよトミの孫として最後の日だった。6時ジャストに社を飛び出した。今日も遅刻は避けられそうだった。もより駅から相馬家までの道は走れば3分で着く。住宅街の中にあり周辺は敷地の広い家が多かった。

道で主婦が立ち話をしている。奥様族は呑気でいい。

前を通り過ぎようとしたとき「相馬さん」という言葉が耳に飛び込んだ。お祖母ちゃんのことを噂話しているのだと思った。「お気の毒にね」と「明日?」いう声も耳が拾った。

玄関のチャイムを押す。最後のチャイムだ。よく頑張りました私。玄関ドアを開け中に入っていく。トミ祖母ちゃんがいつものように笑顔で出てくる。

「おかえり」

最後の晩餐はカレーだった。

「祖母ちゃんはしゃれたもの作れないから、ごめんよ」

今日はいつになく殊勝だ。ついほろっとなる。うんん、おいしいよと答えたが、正直味が薄くあまり美味しくなかった。

最後の日はトミ祖母ちゃんが渋抜きした柿とホッピーをリュックに入るだけ持たせてくれた。

夜、慎吾からの連絡を待った。ラインや電話、通信機器はすべて繋がらない。このままずるずると終わるのは辛い。休みをもらって小笠原へ行ってみようと思った。

その日の夜遅く慎吾からラインが届いた。

「ごめん、美海とは終わりにしたい」

たった一言のメッセージだ。

「ラインでさよならって馬鹿にするな！」

すぐに電話をした。もう20コールくらい鳴っている。切ろうかどうしようかと迷っているると、出た。慎吾は余計なことは何も言わなかった。ただ「好きな人ができた」と言った。ストレートで正直な言葉になぜか反撃できなかった。

部屋の隅にホッピーが転がっている。焼酎にホッピーを注いだ。ふられて、捨てられて1人で飲むやけ酒だった。

翌日は土曜日だった。昼近くまで寝ていた。焼酎の瓶とホッピーの空き瓶が転がっている。まるでおっさんの部屋だ。美海はのそのそと起き上がると小さなキッチンの冷蔵庫を開けた。トミ祖母ちゃんの柿が入っている。

柿の皮をむいて口に入れた。渋が抜けて絶妙の甘さになっている。こんな美味しい柿は初めてだった。

トミ祖母ちゃんの息子ってどんな人だろうと考えた。来ると必ずホッピーを2本分飲んでいくという。2時間ぐらいはいるのだろうか？　レンタル孫にお金を払うくらいだ。

本物の孫は寄り付かないのかもしれない。

リュックの中にノートが入っていた。トミ祖母ちゃんが入れたものらしい。

ノートには柿の渋の抜き方、肉じゃがの作り方、美味しい煮魚の作り方など美しい文字で書かれていた。トミ祖母ちゃんのレシピだ。

昨日ご近所の主婦が言っていた「お気の毒に」「明日?」という言葉がふと頭をよぎった。トミ祖母ちゃんの家に行ってみよう。柿の実はまだ半分以上木に残されたままだ。明るいうちに残りの柿を取ってあげようと思った。

いつものようにチャイムを鳴らし「ただいま」と声を掛けた。トミ祖母ちゃんが出てきた。

「なんだあんたか、もう契約は終わったよ」

そっけなく言うと奥へ入っていった。庭から騒がしい音がする。

庭に廻ると掘削機が動いていた。トミ祖母ちゃんが丹精を込めて手入れした花々が踏みつぶされ、柿の木は切り倒されていた。オレンジ色の実が地面に転がっている。掘削機が柿の木の根っ子を掘り起こし始めた。

祖母ちゃんは仏壇の前に座りお経を唱え続けている。

「何するんですか!」と美海が叫んだ。

「危ないから出て!」

どこからか現れた男が言った。先日玄関で見かけたサラリーマン風の男だ。

この家は息子の作った借金のかたに入っていた。立ち退きを迫られていたのだ。

トミ祖母ちゃんが抵抗して居座っているので庭から潰しにかかっているのだと、男は迷惑そうに言った。

掘削機が柿の根を掘り起こし庭の隅に運んでいく。地面に落ちているオレンジ色の実を容赦なく潰していった。

トミ祖母ちゃんは息子の用意したアパートに引っ越すことになっていた。引っ越しの準備は何もできていなかった。「手伝う」と美海が言った。

「契約切れだ金は払わん」

相変わらず憎まれ口をきく。持っていきたいものは何一つないと言い、写真や思い出の品はすべて燃やしてしまったのだという。風呂敷を広げて位牌とお祖父さんの写真だけを包んだ。美海はトミの着替えを段ボールに詰めていった。

台所にホッピーが置いてある。

「これ持って行こうよ、息子さんが来た時のために」

美海がいうと、トミは今まで見せたことがない表情をした。

「息子は来ない。ホッピーは私が栓を開けて捨てていた」

1週間に2本ずつ捨てていたのだという。

「それなら、私が飲む！」

美海は叫んでいた。

「トミ祖母ちゃんのアパートへ遊びに行ったときに、ホッピー2本分飲む」

トミが「偽の孫がずうずうしい」と言った。

「偽物だからずうずうしいんだよ」と美海が答える。

「金は払わんよ」とトミ。

「契約切れだからね」と美海。

トミの眼に涙が光った。

「鬼の眼にも涙」と美海が笑った。泣きながら笑った。2人は顔を見合わせて笑った。

了

よかちょろ

部下の石渡《いしわたり》はよく遅刻をする。注意するがまったく効き目がない。というか悪いと思っていないようだ。これ以上続くならもう少し他の方法で注意を促すしかないのだが怒鳴ることなどできない。すぐにパワハラだと言われてしまう。困ったことに仕事はそこそこできるのだ。だから始末に悪い。嗚呼、胃が痛い。社長からは「部下の管理で上司の裁量がわかる」などとプレッシャーをかけられている。どういうわけか彼は社長にも取引先にも人気があるのだ。

今日は朝から施主さんとの打ち合わせの予定が入っている。社長も途中から同席すると言っていた。昨夜帰る前に「明日は大事な打ち合わせだ。遅刻するな」と何度も何度も念を押した。そのたびに「わっかりましたー」と返事をする。その軽い返しが俺の胃をさらに痛くした。

会社は10時始まりだが今日の打ち合わせは先方の都合で9時半開始となった。小さな設計会社が施主からの申し出を断ることなどあり得ないのだ。

今9時10分だ。書類はほぼ用意できている。だが石渡はまだ来ていない。

彼の住んでいるアパートは陸の孤島と言われている地域にある。駅から遠く、歩くと30分はかかるようだ。いつもは自転車で駅まで行き電車に乗り換える。引っ越しを勧めたこともあるが「ぜんぜん大丈夫です」と引っ越しの考えはないと断られた。

前回の遅刻の時は「隣の婆さんが道に倒れていた」と弁解をした。それで電車に乗り遅れたのだと。年寄りをそのままにしておくなんてできないですよね、と反論ができないよう念押しをした。

その前は「朝起きたら血だらけだった」と言った。そのまま出社するわけにはいかないのでシャワーを浴びていたら電車に乗り遅れましたと言った。

「そんなわけないだろっ」

怒りを内にしまい声を抑えて言葉にした。しかし「でも本当です」とケロッとしているのだ。

「嘘だってこと、主任証明できます?」

もしあの時俺の頬に軽く風が吹いたなら、どうなっていたかわからない。パワハラと言われようが、社長に管理能力がないと言われようが、これまで溜まりに溜まったものをすべて吐き出していただろう。石渡のような社員はまともな神経では太刀打ちできないのだ。

9時20分、石渡はまだ来ていない。スマホからは「電源が入っていないか、電波の届かないところにいる」というメッセージが流れる。

9時25分来社のチャイムが鳴る。施主が来た。いつもながら時間に正確だ。笑顔で出迎え、会議室に通しお茶を出した。

「石渡は別用で少々遅れます」と笑顔で対応する。

9時30分、しきりに時計を見る施主。これ以上は引っ張れない。相手は時間に正確だ。次の予定も詰まっていることだろう。

9時32分、「担当から説明できると良いのですが」と言い訳をして打ち合わせ会議を始めた。石渡はまだ来ない。

9時48分、走ってきたのかゼイゼイと荒い息をした石渡が飛び込んでくる。髪の毛が鶏冠《とさか》だった。一応ジャケットは着ているがボタンがずれている。すぐに部屋から出し、身だしなみを整えてから会議室へ入るよう促した。彼も今日の会議が重要だとわかっていたようだ。

殊勝な顔をしている。俺はできるだけ冷静な声で言った。

「一応、言い訳を聞こう」

「すみません、自転車に乗り遅れました！」

今日は朝から胃が痛い。石渡の弁解を聞きさらに痛くなった。このバカ「自転車に乗り遅れた」と言い訳をした。打ち合わせが終わったら続きを訊いてみよう。どんな弁解をするのか、ちょっとだけ楽しみになってきた。

これ以上会議を中断するわけにはいかない。会議室にもどろう。

会議は無事に終わった。石渡は遅刻癖があるが社長にも施主にも受けは良い。新人の中ではピカイチだ。言われたことに即座に返事をする。はっきりとした明るい声で話すので、それだけでも好感度はポンと跳ね上がる。だが社長も施主も知らないのだ。その陰で俺がどれだけ胃の痛い思いをしているか。設備や構造などの外部との打ち合わせは、できるだけ午後に設定し朝は避けている。だから今日のように先方の都合で朝イチの時間に決まる時は、俺の胃は七転八倒することになるのだ。

社長に石渡の遅刻癖を相談したことがある。その時返ってきた言葉が「部下の管理で上司の裁量がわかる」だった。全ては上司の管理能力で片付けられたのだ。

担当の石渡が遅刻をしても施主の機嫌が悪くなることはなかった。無事に会議を終え、社長も上機嫌だ。だがここはちゃんと言っておかなければならない。今後のこともあるのだ。俺ははじめて石渡の遅刻の言い訳を心待ちにした。

「で、どうして自転車に乗り遅れたんだ？」

石渡は即座に返事をした。

「よかちょろです」

「はっ？」

笑顔の明るい声で返してきた。

「だから、よかちょろです。まさかご存じないなんてことないですよね？　よかちょろですから。主任ほどの博識な人が知らないなんてことは、あり得ないですよね？」

　この時返した言葉を後で私は後悔することになった。

「当然だろ」

　石渡は満面の笑みをつくり、よかったと言うと自席に戻っていった。

　よかちょろ…よかちょろ？　なんだ、なんなんだ!?　頭の中をぐるぐると「よかちょろ」が回り始めた。仕事どころではなくなった。今更人に訊くこともできない。誰もが知っていると石渡は言っていた。なんだ、なんなんだ「よかちょろ」って!?　ネットで検索すると居酒屋の名前が出てくる。朝から居酒屋にどう結び付く？

　それから眠れない日々が続いた。

　そしてやっと見つけることができた。古典落語の「よかちょろ」にダメ息子が出てくる。失敗した時の言い訳が「よかちょろ」だ。それで相手を煙に巻く。

　そうとわかればもう怖くない。

　明日は石渡が担当する現場の検査がある。初めての検査だ。彼も緊張しているのがわかる。俺のところに来て「明日はよろしくお願いします」と殊勝な顔をした。だが俺は答えた。

「明日は立ち会えないから、頑張れよ」

「えー、検査ですよ！」

　大事な別件があり検査には同席できないと伝えると、検査より大事なことなんてないでしょ、と食い下がってきた。だから俺は満面の笑みで言った。

「それがあるんだよ、よかちょろだ」

了

神さまなんて信じない

僕は神様を信じない。オヤジは神仏を一切信じなかった。だから僕の家に神棚はなく、祖父母が亡くなっているため小さな仏壇はあったが、そこに供物が供えられていることはなく、線香の煙が立ち昇ることもなかった。

祖父が亡くなった時に母が父を説得し、仏壇だけは用意したと聞いた。

父が言うには神や仏などというものは存在しない。いると信じている人の心の中にだけ神仏はいる。信じることでその人が救われるからだ。というのが父の持論だった。

5～6歳の子どもの頃だったと思う。道路に飛び出そうとして父親にひどく叱られたことがあった。

「死んだら、天国へ行けるからいいもん」

保育園では死んで天国へ行った愛犬の話や、死んで星になったというお話を日常的に聞いてきた。子ども心に疑うことなくそう信じていたのだ。

叱られた剣幕に反抗して言い返した僕に父は更に激怒した。

「死んだら人は焼かれて灰になるだけだ。天国なんてないし、地獄もない！」

死んだら焼かれて灰になる、というその言葉が当時の僕を強く打ちのめした。幼心にも鮮明に記憶に残り、今でも一字一句覚えている。

その後、成長するにつれ死後の世界や生まれ変わりを信じる気持ちは変化していき、小学生の高学年になる頃には、人は死んだら星になったり、天国へ行くというのは嘘っぱちだと、確信をもって思うようになっていた。

そんな僕が神頼みをすることになるとは思ってもないことだった。


父の無神論度は徹底していたため、周辺からも異端児扱いされていた。思春期になる頃には、他人からの眼を肌で感じるようになった僕は、家を出ることばかりを考えるようになった。

地方から東京へ出るには、大学進学は絶好の機会だった。行きたい大学があったわけではなく、ただ東京の大学でありさえすれば良かった。

そんな不純な動機で大学進学を果たしたためか、入学しても勉強はろくにせずバイトや遊びに明け暮れていたため、卒業の単位が取得できず留年が決まった。

学費は4年間しか払わないという父の言葉通り、きっちり4年の3月分を最後に仕送りは止まっていた。

僕は大学を辞め、生活費はバイトで稼ぎながら就活をしたが、正社員で雇ってくれる会社はなかった。卒業していないということがこれほど就職に響くとは思ってもいなかった。

飲食店のバイトで生活をつないでいたが、金銭的に余裕のない毎日に嫌気がさしていった。彼女とも別れ、大学の友人は次第に連絡が来なくなっていた。皆就職をし新入社員として働いているのだ。僕は社会人として落ちこぼれだった。

落ち込む気持ちを紛らわそうと、家賃に支払う金をパチンコに使った。金が殖えることはなく生活はますます追い詰められていった。

家賃を払えない。不動産屋からはこれ以上滞納するなら今月いっぱいで部屋を出ていくようにと言われている。

残された手段は、オヤジに頼み込んで金を振り込んでもらうか、借金をするか、ホームレスになるかだ。その3択しかない。

オヤジに頼むはナイと思った。あのオヤジが助けてくれるとは思えなかった。第2の返す当てのない安易な借金は自己破産が待っているだけだ。バイト仲間がローン地獄に塡まり、自己破産したという話を聞いたばかりだった。ホームレスはもっとあり得ない。

八方塞がりだった。

毎日うだる様な暑い日が続いている。アパートのクーラーは夏になってから使っていない。高い電気代を払いたくないからだ。

あまりにも暑い日が続くと思考が止まる。もうどうでもいいやという気持ちになる。

僕はアパートの近くにある寂れた神社に行くのが日課になった。

神社の木陰にいると心地の良い風が吹き抜ける。クーラーよりずっと気持ちが良いのだ。そして何より、ここには人が来ない。昼寝をしていても誰にも咎められることはなかった。今日は朝から何も食べていない。5円では何も買えない。クークーと鳴る腹を押さえ、ポケットを探ると5円玉が一個でてきた。ほんとうに何も買えない金額なのだと思い知ると無性に悲しくなり涙がこぼれてきた。

どうせ何も買えないのだからと5円玉を賽銭箱に投げ入れた。

生まれて初めての参拝だった。

パンパンと合わせた手の音が静寂の中に広がった。

「呼んだ？」

突然、神殿の扉が開きホームレスが顔を出した。ここに住み着いている人がいたのだ。

僕は驚いた拍子に尻もちをつき口を開けてホームレスの男を見上げていた。

「願い事って何？」

ホームレスの男は、賽銭5円を入れての願い事は何かと訊いてきたのだ。僕は答えるのを躊躇った。この男に自分の恥をさらしてもどうにもならない。

「一つだけ叶えてやるよ」

男は、慎重に考えろ叶えてやるのは1個だけだと念を押した。

僕は馬鹿馬鹿しいと思ったが「じゃあ、当選の宝くじ券」と不貞腐れた顔で答えた。この男から早く離れたかった。

「ここを左に行くと宝くじ売り場があるから、そこで宝くじを1枚だけ買って」

いやいやいや、５円しかないから賽銭箱に入れたのに、宝くじを買う金なんてない。これ以上この男に関わっていたくない。ここでの昼寝はもう諦めなければならないのかと思うと腹立たしさがこみ上げた。

急ぎ神社を出た。50ｍほど行くと本当に宝くじ売り場があった。あのホームレスはここで当てたことでもあるのだろうか。

無意識のうちにポケットを探っていた。金が入っているはずはなかった。

「孝明《たかあき》！　孝明じゃないか」

突然後ろから声を掛けられた。田舎の同級生、真也《しんや》が立っていた。いちばん惨めな姿を見せたくない相手だった。僕は返事もほどほどに立ち去ろうとした。

「一緒に飯でも食わないか、奢るよ」

その瞬間、クーと腹がなった。まさしく背に腹は代えられなかった。

２人で近くの中華屋へ入った。

出張でこっちへ来たと言っていた真也だが、

「実は、東京へ行くなら、とおまえのオヤジさんに頼まれたんだ」

真也は茶封筒を僕に渡した。

「心配してたぞ、帰ってきてもいいぞって」

僕は、口いっぱいに頬張っていたラーメンの麺を咥えたまま、ぼろぼろと涙を流した。

全部お見通しだった。

真也と別れ、僕はすぐに茶封筒を開けた。1万円札が1枚入っていた。これでは滞納した家賃も払えない。オヤジらしいと言えばオヤジらしい。この1万円でできることと言ったら、故郷へ帰る片道切符を買うことぐらいだ。

「流した涙を返せ！」

コンビニに寄ってスマホの通信料を払った。これが使えなくなったら、もう生きていることはできない。

手元に残った数枚の千円札と小銭をポケットに入れた。

再び宝くじ売り場の前を通った。残っている金で宝くじは8枚買えるがホームレスの男の言葉を思い出した。信じていないはずなのに、300円をトレーに入れて「1枚ください」と言っていた。

残った金でバイトの給料日まで食いつないでいかなければならない。

僕はバイトのシフトを増やしてもらうよう申し入れをしていた。休みはなくなるが昼寝やパチンコに使っていた時間を仕事に充てようと思ったのだ。どうせもうあの神社で昼寝はできないのだから。

不動産屋には引っ越しの費用が貯まるまで、もう少しの猶予を頼み込んだ。渋々だったが、踏み倒されるよりはいいと判断したようだ。

宝くじのことは忘れていた。

1か月ほどした時、部屋の壁にピン止めしてある宝くじに目がいき、もう発表は過ぎている頃だと気付いた。どうせ当たることはないと思っていた。

確認したら、1等の番号と合っていた。だが組番号が違っていた。それでも10万円の当たりだった。

直ぐに溜まっている家賃2ケ月分を払った。

残ったのは1万6千円だ。今月のバイト料の残りと合わせると、次の給料日まで楽勝だった。

あの時からだ。あの神社でホームレスの男と出会ってからだ。八方塞がりだった境遇から少しずつ良くなっていったのは。


僕はあのホームレスに逢いに神社に行った。

神殿の扉をそっと開けてみる。だが男はいなかった。中も寂れた神社の神殿らしく、埃だらけで手入れされた様子もない。

しばらく神社の森林の中を捜したが、誰にも会うことはできなかった。

「もうここにはいないのかも知れない」

ポケットから5円玉を取り出し賽銭箱に投げ入れた。手をパンパンと合わせると、静かな神社に柏手の音が響いた。僕は宝くじのお礼を言った。

「呼んだ？」

突然、またあの男が神殿の扉を開けて出てきた。

「え、いつ来た、どこにいた？」

「ああ、そうか宝くじのお礼？」

「まあ、そうです。10万円当たったたんで」

「で、味を占めてまた来た？」

図星だった。

「また買ったら当たるんですか？」

「ダメだね」

今度は素っ気ない返事が返ってきた。

なんだ、やっぱりこの男はただのホームレスで、当たったのは偶然だったのだ。

「あのさ、10万円儲けたんだから、賽銭が5円というのはちょっと少ないんじゃない？」

そう言われれば、そうだと思った。ポケットを探ると5千円札が1枚入っていた。5千円の賽銭はイタイ。

「4千円のおつり貰える？」

男は渋い顔をした。

「お賽銭におつりは、ナイわー」

そう答えたかと思ったら、さっと僕の手から5千円札を取り上げた。

「賽銭、5千円もらったからさ、また叶えてやるよ」

またまただよ。だが前回のこともある。5円が10万円になったのだ。もしかしたらもしかするかもしれない。

「彼女とよりを戻したい」

付き合っていたのは、学生時代だ。僕が社会人落ちこぼれになってからは、連絡しても返事が来ない。でももし叶えられたら本気で仕事探しをするし、パチンコには手を出さないし、休日は返上して働く。

「彼女か－、それって難しいんだわ。だって人の心を動かすんだからさ」

「え、でも叶えてくれるよね。5千円お賽銭にしたんだから」

「んんんんん、やっぱ返すわ、これ」

男は、握りしめていた5千円札を返してよこした。

「やだよ、一度渡したんだから叶えてよ、神様だろ！」

男は、神様と言う言葉に反応した。

「じゃあさ、100パーはないよ」

「ダメだよ、神様なんだからさ」

「んんん……、わかった神様に二言はない」

男はその言葉を残して、姿を消した。

正直、僕も彼女が戻ってくるとは思っていない。あの頃の僕は社会をなめていた。好きなことを好きな時にして何が悪い。仕事なんて食える程度に稼げればいいし、正社員になって会社のために働くなんて嫌だと豪語していた。

そしてバイト生活が続き自分の生活レベルは友人以下で、給与は彼女のより低いと知った時、僕はまた強がりを言った。

「会社の社畜になるなんて、馬鹿がすること」

あの時の彼女の顔を今でも思い出す。心底愛想が尽きたという表情だった。だから今さら彼女が戻ってくるとは思えなかったのだ。

でもここで人生を諦めたくなかった。彼女の存在は僕にとって大事なもので一緒にいるだけで心が安らいだのだ。

ああ、何て言うことだ。僕はどれほど大事なものを手放してしまったのだろう。二度と手に入れられないものを簡単に手放してしまった。

「ほんと助かるよ。シフト入ってくれて」

店長の機嫌がいい。最近の僕は頼まれればシフトに入るし、休みも欲しがらないからだ。以前はバイトがない時間はパチンコに行っていた。結果持ち金が少なくなると決まっていたのに止められなかった。暇があるとろくなことがない。

飲食店のバイトなので賄いが出る。つまり食うことには困らないのだ。シフトが増えた分、賄いにありつける機会も増えていった。その上給与が増えたのだからこんなに良いことはなかった。

「最近何かいいことあった?」

店長がニヤニヤしながら言った。

「何がですか、別に何もないですよ」

「顔が変わってきたよ。いい顔になってきた」

顔は変わらないんですけどね。今までは人相が悪かったってことか。でも良くなったと言われて悪い気はしない。

「いらっしゃいませ。空いてるお席にどうぞ」

「あれ、孝明、孝明だよね!」

彼女が男と食べにきた。

「おう久しぶり、元気そうだね」

僕の胸はどきどきと鳴っているが、平静を装い注文を取った。

そうだよな、あれから彼氏ができないなんてあり得ない。ちょっとでも期待した僕が馬鹿だった。

今日の勤務は長く感じた。疲れがどっと出る。

バイトが終わりスマホを見ると、彼女からショートメールが届いていた。電話番号は消去しなかったようだ。それだけで嬉しかった。

「孝明も元気そうだね。いい顔してたよ。今日は彼氏と別れ話に行った」

疲れが一気に飛んで行った。ありがとう。神社のおっさん神様。

了

初出一覧

BOOK SHORT AWARD　14本

Dカンパニー
平成 牡丹燈籠
終活に忙しいのです
You still life
プラットホーム
樹洞《うろ》
居酒屋タクシー
だからボクは、今がいちばんしあわせ
無敵の蠅《はえ》取りばあさん
僕が僕であるためのセルフイメージ
みもろの恋
ははきぎ
君に見せたかった、ふるさとの花
神さまなんて信じない

HOPPY HAPPY AWARD（ホッピー賞）　4本
どうぞの椅子
夢で逢いましょう
ルパンの珈琲
契約切れから始まる

書き下ろし　2本
ハワイアン　スッパマン　～フラダンスにかけたオジさんたち～
よかちょろ

著者プロフィール

さくらぎ こう

静岡県出身。

法政大学法学部卒。

千葉県在住。

シナリオセンター作家集団出身後、短編小説に転向。

ブックショートアワード14作品、ホッピーハッピー賞6作品、ラブ鎌田賞など21作品で優秀賞受賞。

舞台・ネット配信ドラマ・ラジオドラマ等のシナリオ執筆。

DVD「昭和の名女優」女優紹介・作品紹介、日本映画の概観など執筆。

その他執筆手伝い多数。

ハワイアン　スッパマン
～フラダンスにかけたオジさんたち～

2023年11月15日　初版第１刷発行

著　者　さくらぎ こう
発行者　瓜谷 綱延
発行所　株式会社文芸社
〒160-0022　東京都新宿区新宿１－10－１
電話　03-5369-3060（代表）
03-5369-2299（販売）

印　刷　株式会社文芸社
製本所　株式会社MOTOMURA

ISBN978-4-286-24700-7